PRIMEIRAS
LEITURAS
Crônicas

uventude de hoje, ontem e amanhã, A ignorância das cr
Sobrevoando Ipanema, Última flor do Lácio, Baile de má
carioca e a roupa, O cego de Ipanema, As eternas coinci
O homem que odiava ilhas, Encontro de dois mentirosos
de máscaras, Sombra, O canarinho, Os anjos contam hi
crianças, Primeiras leituras, Cuidado com os velhos, Mat
máscaras, Rio de fevereiro, Receita de domingo, Música
coincidências, Os bons ladrões, Meditações imaginária
Para Maria da Graça, O amor acaba, Carta a um amigo,
Juventude de hoje, ontem e amanhã, A ignorância das cr
Última flor do Lácio, Sobrevoando Ipanema, Baile de má
carioca e a roupa, O cego de Ipanema, As eternas coinci
O homem que odiava ilhas, Encontro de dois mentirosos,
O canarinho, Os anjos contam histórias, Juventude de hoj
Cuidado com os velhos, Maturidade, Sobrevoando Ipan
Música popular, Receita de domingo, O carioca e a roupa
O risadinha, Meditações imaginárias, O homem que odi
amor acaba, Sobrevoando Ipanema, Carta a um amigo,
hoje, ontem e amanhã, A ignorância das crianças, Primei
panema, Última flor do Lácio, Baile de máscaras, Rio d
roupa, O cego de Ipanema, As eternas coincidências, Os b
odiava ilhas, Encontro de dois mentirosos, Para Maria da
Os anjos contam histórias, Juventude de hoje, ontem e a
com os velhos, Maturidade, Última flor do Lácio, Baile de
O carioca e a roupa, O cego de Ipanema, As eternas coin
mentirosos, Para Maria da Graça, O amor acaba, Cart
hoje, ontem e amanhã, Os anjos contam histórias, A ignorâ
os velhos, Maturidade, Baile de máscaras, Última flor do
O carioca e a roupa, Receita de domingo, O cego de Ipa
Meditações imaginárias, O homem que odiava ilhas, Enc

Paulo Mendes Campos

PRIMEIRAS LEITURAS
CRÔNICAS

BOA COMPANHIA

Copyright © 2012 by Joan A. Mendes Campos

Grafia atualizada segundo o Acordo Ortográfico da Língua Portuguesa de 1990, que entrou em vigor no Brasil em 2009.

Capa e projeto gráfico Retina78

Revisão Jane Pessoa e Márcia Moura

Dados Internacionais de Catalogação na Publicação (CIP)
(Câmara Brasileira do Livro, SP, Brasil)

Campos, Paulo Mendes
Primeiras leituras : crônicas / Paulo Mendes Campos. —
1ª ed. — São Paulo : Boa Companhia, 2012.

ISBN 978-85-65771-05-4

1. Crônicas brasileiras I. Titulo.

12-10558 CDD-869.93

Índice para catálogo sistemático:
1. Crônicas : Literatura brasileira 869.93

[2012]
Todos os direitos desta edição reservados à
EDITORA SCHWARCZ S.A.
Rua Bandeira Paulista, 702, cj. 32
04532-002 — São Paulo — SP
Telefone (11) 3707-3500
Fax (11) 3707-3501
www.companhiadasletras.com.br
www.blogdacompanhia.com.br

Sumário

APRESENTAÇÃO
7   Um craque

JUVENTUDE DE HOJE, ONTEM E AMANHÃ
11 A ignorância das crianças
12 Encontro de dois mentirosos
16 Os anjos contam histórias
19 Primeiras leituras
22 Cuidado com os velhos
25 Maturidade
28 Juventude de hoje, ontem e amanhã

SOBREVOANDO IPANEMA
41 Última flor do Lácio
42 Rio de fevereiro
46 Música popular
50 O carioca e a roupa
55 Sobrevoando Ipanema
59 O cego de Ipanema

RECEITA DE DOMINGO
65 As eternas coincidências
67 Baile de máscaras

71 O risadinha
75 O homem que odiava ilhas
79 Receita de domingo

MEDITAÇÕES IMAGINÁRIAS
85 Para Maria da Graça
89 O amor acaba
92 Carta a um amigo
96 Os bons ladrões
101 Meditações imaginárias
104 Sombra
107 O canarinho

110 Sobre o autor

UM CRAQUE

Poucos souberam traduzir em palavras o cotidiano com a maestria e a inteligência de Paulo Mendes Campos (1922-1991). Observador onívoro, leitor refinado, criador original, este mineiro que passou boa parte de sua vida no Rio de Janeiro figura entre os maiores da nossa crônica, ao lado de outros mestres, que inclusive foram seus amigos a vida inteira, como Rubem Braga e Fernando Sabino.

Apaixonado pela alma encantadora das ruas do Rio de Janeiro — em especial do bairro de Ipanema, onde era um de seus personagens mais marcantes —, Paulo Mendes Campos circulava com igual desenvoltura pelos muitos volumes de sua biblioteca. Leitor sério, tradutor da melhor poesia estrangeira e sempre atualizado com o que de melhor se fazia em literatura, o cronista sempre equilibrou-se, com inédita habilidade, entre a leveza deste gênero tão brasileiro e o estilo da alta literatura. Uma mistura única.

Esta reunião de crônicas traça um divertido panorama da obra em prosa de Paulo Mendes Campos. Em livros como *Hora do*

Recreio, *O cego de Ipanema*, *O anjo bêbado*, entre outros, o autor praticou as mais diversas modalidades de crônica. Da observação bem-humorada do Rio de Janeiro a pequenas ficções e causos que revelam o fino estilista do idioma, sempre atento às transformações da língua popular, o que se tem aqui é uma significativa amostra de um dos nossos mais encantadores e populares autores.

JUVENTUDE DE HOJE, ONTEM E AMANHÃ

A IGNORÂNCIA DAS CRIANÇAS

— Papai, o sol é feito de bomba atômica?
— Uma girafa pequenininha, mas pequenininha mesmo, ganha de uma borboleta grande?
— Quando não existia nada, o que é que existia?
— Por que não tem jacaré no mar?
— O que é *aliás*?
— Deus é mais forte do que Tarzan?
— Se o eco existe mesmo, como é que a gente não vê ele?
— Guerra é uma rua velha com uma cerca furada?
— Tartaruga tem *clavica*?
— Homem mau só diz bobagem?
— Deus está em todo lugar? Ele cheira a flor com meu nariz?
— A pomba é Deus?
— Por que nos Estados Unidos tem cadeira elétrica?
— Anjo conversa com passarinho?
— Pra comprar um país precisa de muito dinheiro?
— Por que o sol nasce todo dia e a gente só nasce uma vez?
— Por que Deus não faz um barulhinho quando ele sai?
— Gêmeo briga na barriga?

ENCONTRO DE DOIS MENTIROSOS

— Oba, como é que é, rapaz, há quanto tempo...
— Tudo azul. Você é que anda sumido.
— Dando o meu duro. E você?
— Duro, graças a Deus, eu não dou mais.
— Ficou rico?
— Talvez eu não possa dizer tanto; mas tenho ganhado meu dinheirinho... bastante dinheiro... muito dinheiro...
— Brasília?
— Brasília é mixurucagem. O que está dando dinheiro no Brasil?
— Cacau.
— Quase acertou: café no Paraná. Peguei uma boca-rica. Sempre brilhando?
— Que nada, rapaz; ando mais obscuro que boia apagada na baía.
— Modéstia sua. E as mulheres?
— Que mulher, siô!
— Pois sorte tem dado aqui o velhinho. Francamente, nem mereço tanto. Parece até mentira. Eu?! Não, isso não pode ser pra

meu bico. Mas vou ver, e é. Eu nem sei o que essas garotas veem em mim. Enfim, eu é que não vou reclamar. Tou certo ou errado? (Pausa, sorriso). Saúde boa?

— Quando não estou doente, passo muito bem com a minha úlcera e o meu resfriado, obrigado. E você?

— Eu?! Olhe só pra mim. Não tenho ab-so-lu-ta-men-te nada. Mas na-da mes-mo. Aliás, minto, uma coisa eu tenho: saúde demais, chega a me fazer mal. Sou um cavalo de forte. Por falar em cavalo, domingo passado dei uma no Jockey de lavar a égua; precisei de um amigo pra me ajudar a levar a gaita...

— Pois eu entrei bem e alto.

— Ora, estás a bancar o bobo. Por que não falou comigo? De uma coisa aqui, não é por me gabar, o papai entende: é dos cavalinhos. Tenho dado barbadas pra tanta gente que eu mal conheço! Se eu não tivesse vergonha, vivia só dos cavalinhos; só não viro jogador por causa dos garotos. Falar nisso, como vão os seus?

— Mais ou menos. Sempre resfriados; herdaram de mim a vocação.

— Os meus são uns touros. Papam tudo quanto é prêmio de esporte no colégio. Quer saber? Coisa boa da vida é filho.

— Também acho, mas os meus dão muito trabalho...

— Engraçado, os meus, não... Olhe: só não são os primeiros da turma porque não querem. O mais moço, então, não é por ser meu filho, mas nunca vi ninguém tão inteligente. É um monstrinho o guri! Os seus são estudiosos?

— Que nada! Todos eles, uns vagabundos de meia-tigela.

— Isso é bom sinal. São vivos, não são?

— Sei lá... Tem um que eu acho que nem é muito certo da bola...

— Esse negócio de filho é sorte. Aliás, quer saber de outra?

Neste mundo tudo é sorte. Veja só o meu caso: eu, que sempre fui um boêmio, um boa-vida, não fui me casar com uma criatura fabulosa? Bonita (bonita, não é por ser minha mulher, é apelido), simpática, compreensiva, um anjo. E, além do mais, me adorando. Se eu chegar em casa agora e disser pra ela sem nenhuma explicação: "Minha filha, vamos viver na Favela do Esqueleto" — ela vai arrumar a trouxa sem pestanejar. E, por cima de tudo, rica. Você sabe que meu sogro deixou dinheiro que foi preciso carregar de caminhão. Sabia disso, não sabia?...

— Claro, claro.

— Pois é, que é isso? Sorte, pura sorte. Mas sua mulher também é uma santa.

— Não é má pessoa, mas eu não aguento mais minha mulher. Tou cheio. Melhor até mudar de conversa. (Pausa.) Que acha das eleições?

— Você não ignora que eu nunca me meti diretamente em política. Pra mim, tanto faz como tanto fez... Olhe, eu me dou com o Lott... O Jânio é meu amigo... O Ademar, este é do peito... Aqui no Distrito (isto é, no Estado da Guanabara) a turma é toda minha. Taí, eleição é bicho que não me mete medo. Nem vou votar. E você, está com quem?

— Também não vou votar.

— Você é como eu.

— Não, é que perdi meu título de eleitor. Vou pegar dessa vez é multa.

— Pega coisa nenhuma. Se der galho, fale comigo, mas fale antes de dezembro, pois no dia 1º embarco pra Europa, e o Brasil não vai me ver antes de uns seis meses; já estou até de passagem comprada.

— Sozinho ou com a patroa?

— Já viste alguém levar sanduíche a banquete? Sozinho, velho. Você conhece a Europa?
— Só conheço Petrópolis, e mal. (Pausa.) Tá quente hoje, hem?
— Você acha? Não estou sentindo.
— Estou morrendo de calor. Vamos tomar um uisquinho num bar refrigerado.
— Grande ideia... mas espere aí... Puxa! Minha mulher hoje passou forte pela minha carteira.
— Deixe isso pra lá... Vamos ao uísque.
— Mas na próxima vez eu faço questão.

OS ANJOS CONTAM HISTÓRIAS

O chefe da família na máquina de trabalhar. A mulher na enceradeira. A cozinheira no fogão. O passarinho na gaiola. Os peixes no mar. A gaivota pescando. A menina rolando no chão. O menino, doente, na cama. Todos nós somos deste mundo, menos as crianças. E o menino, perseguido de visões febris, vai falando sem parar:

"O filho da vaca é o bezerrinho, o pai da vaca é o boi. Não é? Eu vou morar num sítio. Morar muito. Um dia, quando eu fui fazer pipi, vi duas professoras de inglês. Igual. Eu vou trazer um pato do sítio e botar em cima da cabeça do Didi. Quando eu ficar bom, quero ir no circo. Eu já cortei a mão. Papai, papai-i: conta uma história de camelinho. História triste, não. Nova e alegre. Mãe, tá doendo, tou com dor de cabeça. Eu só gosto daquele remédio cor de laranja. Cafiaspirina eu não gosto. O gatinho caiu no poço, vestido de amarelo, todo mundo veio em volta pensando que era marmelo. Quando eu fui no colégio vi nuvens. A nuvem estava passando nas nuvens. Não estava chovendo. Ai, eu quero sair da cama! Laurita, eu não vou comer aquela coisa que arde. Papai é um burro, mamãe é a mulher do burro, e eu sou um burrinho. Mãe-i, você vai um dia naquela esquina longe? Lá tem anzol. Você compra uma vara nova, que o peixinho não gosta de vara velha, não. Eu te dou um bombom. Galibi é menina, mas ela gosta de pescar. Se não fizer um poleiro, o galo sobe na árvore e estraga as pitangas. Pai-i, quando eu crescer, vou ganhar um trem de ferro elétrico. Você vai dar. Meu dodói dói. Eu não comi muita azeitona. Maionese eu não gosto. Maionese é aquele remédio que eu tomei agora. Eu só gosto de remédio vermelho. Elefante gosta de amendoim. Tia Edir sabe fazer espantalho: *snowman* ela não sabe, não: aqui não tem inverno. Se você fala inglês, papagaio também fala. Mas fala também paracopaco, não fala? Leão de circo não come você, não; de jardim zoológico come. Galibi, conta uma história..."

A irmã sobe na cama e começa a contar uma história:

"Era uma vez um nenê. Era só cantar 'Dorme, nenê', que ele dormia. Mas logo depois precisava de chegar uma porção de anjos. Já conheciam a dona daquela casa, e por isso tinham dado o nenê para ela. A mãe fazia roupa para o seu nenê querido. Um dia, a família foi viajar; o nenê foi de roupa muito bonita. Quando voltaram da linda viagem, quem adorou mais foi o nenê. Era só o que faltava! Os anjos! Sim, sua mãe sempre precisava dos anjos para ajudar. O nenê adorava sua mãe, mas não podia faltar nada para ele, e, assim, não deixava ela fazer nada, gritava, chorava, fazia tantas molecagens que a mamãe não podia trabalhar. A mãe um dia chamou os anjos e pediu que eles dessem um jeito. Os anjos, muito espertos, levaram o nenê para a mata, para o galho duma árvore. O nenê ficou contente da vida! Os passarinhos traziam flores para ele, as abelhas traziam mel, o nenê ria. Enquanto isso, seu pai tinha viajado e sua mãe também. Antes de voltar da viagem, a mãe, de tanta saudade daquele nenê querido, mandou o irmão buscar ele na mata. Quando o irmão chegou, o nenê estava brincando com as estrelas do céu, e os anjos estavam procurando diamantes. Já era bem de noite e o sol estava se escondendo. Até o seu corrupião estava com fome. Mas, aí, sua mãe já era tão pobre que não tinha mais empregada. Todos eram pobres, o cachorro, a árvore, o cavalo. Mas enfim tudo estava em silêncio e quieto. Era uma hora da madrugada, e já estava quase ficando de dia. A noite era tão triste e a mãe não tinha comida. Na hora de jantar, só tinha dado leite, bife, batata, sopa, salada e aveia. Então chegou um anjinho e contou uma história para o nenê: 'Era uma vez uma cidade que tinha muitas casas de frutas, mas o sol estava tão quente que mandava seus raios para todos os lados'. O nenê sentiu muito o sol da história, e o anjo então mandou que os raios de luz começassem a ir embora. Quando ficou de noite outra vez, o sol foi para a China. A China não é perto, é muito longe. O nenê também foi para a China, porque não gostava de escuro. E todo dia, quando ficava escuro, ia para a China. E os anjinhos nunca mais encontraram o nenê naquela caminha tão boa."

O menino diz: "Pai, a Inês me ensinou a fazer navio".

PRIMEIRAS LEITURAS

A primeira sentença cujo segredo consegui decifrar até o fim dava a mim uma importância que a psicanálise explica: "A bola é de Paulo". Estava escrito debaixo do cartão colorido, na parede do primeiro ano primário do Grupo Barão do Rio Branco. Naquele tempo, o trabalho maior da professora era fazer com que olhássemos para a parte inferior do cartão, onde estavam as letras misteriosas, e não para cima, onde se estampava a figura do menino de calção azul e do cachorrinho correndo atrás da bola, vendo-se mais longe uma casa rodeada de árvores e de cuja chaminé saía uma fumacinha feliz. Aprender é uma mutilação.

Só no quarto ano trocamos os livros ilustrados por um volume mais grosso, sem enfeites: era a antologia de Olavo Bilac e Manuel Bonfim.

Já a essa altura, sem contar as silabadas, líamos correntemente. Mistério era descobrir por que motivo tanta gente havia escrito tanta coisa sem graça. Logo na primeira página, embirrei com o tal de Machado de Assis. Aquele "lobriguei luz por baixo da porta" me aborreceu. *Lobriguei* lembrava *lombriga*; *lombriga* lembrava *vermífugo*...

Não topei Machado de Assis, a não ser aquele diabo velho, sentado entre dois sacos de moedas.

No exame de admissão, tive de ler e analisar gramaticalmente um trecho de Coelho Neto que sabia de cor: "Selva augusta, de velhos troncos intactos, jamais ferida pelo gume dos ferros...".

Veio depois o ginásio, no qual considerava o florilégio um livro à parte, encapado no papel mais bonito, para contrabalançar o volume de matemática de Jacomo Stávale. Eram as flores que enfeitavam as horas de estudo, compridas e desertas.

Com o tempo, Machado de Assis foi melhorando de estilo e de ideias. Vez por outra, no entanto, dava para escrever frases intransponíveis como esta: "O destino é o seu próprio contrarregra". Durante muitos anos, todas as vezes que deixava de entender uma situação, repetia comigo a fórmula incompreensível: "O destino é o seu próprio contrarregra!".

Duro era encontrar motivos que justificassem nossa admiração por Rui Barbosa, o homem mais inteligente do mundo.

Bonito mesmo era a "Última corrida de touros em Salvaterra", que não é de Alexandre Herculano, como lembram os ingratos, mas de Rebelo da Silva. Bonito era o sertanejo, antes de tudo, um forte. Bonito era o suave milagre ("longos são os caminhos da Galileia e curta a piedade dos homens"). Quase tão bonito era *O cerco de Leyde*, com aquela dúvida atroz, que permaneceu até hoje, de saber se o mar era o único túmulo digno de um almirante bátavo ou batavo. Bonito era a virgem dos lábios de mel. Bonito foi o descobrimento de *O coração* de D'Amicis. Bonito foi quando achei na antologia de Carvalho Mesquita uma poesia esquisita, a história de uma boneca de olhos de conta cheiinha de lã, que rolou na sarjeta e foi levada pelo homem do lixo, coberta de lama, nuiinha, como quis Nosso Senhor; Jorge de Lima foi o meu primeiro *frisson nouveau*.

Feio foi o que veio depois. A vida não é antológica, não tem gramática, não tem adjetivos bonitos, não tem pontuação. Foi o que aprendi um século mais tarde em um livro besta.

CUIDADO COM OS VELHOS

Um professor criou um neologismo para uma arte (ou ciência) nova: *eugeria*, "velhice feliz". Os gregos não tiveram o otimismo de juntar os dois elementos dessa palavra.

Andam a mexer muito com os velhos. Que a ciência procure dar-lhes meios efetivos de temperar a saúde, que as leis fixem recursos que lhes poupem penúrias e humilhações, que as famílias os acolham com respeito. Mas querer iludi-los com estimulantes morais, discutir as tristezas deles em público, isso é impertinência. Cuidá-los como crianças, engambelá-los, isso os ofende.

Envelhecer... Meu mestre, frade franciscano, dizia-nos que mesmo o mais santo dos papas gostaria de ser mais moço. Mas o homem tem de aguentar as consequências humanas com orgulho ou raiva: só um velho palerma, indigno da verdade, iria acreditar que não é velho, que a velhice não existe, que a vida é um sorriso.

Os velhos honrados sabem como se arrumar a um canto com pudor e gravidade. Deixá-los. Não precisam de nós, que os aborrecemos com as nossas frívolas consolações. Respeitemos o silêncio da idade; e que nos respeitem mais tarde ou daqui a pouco.

Violar a intimidade da velhice com frioleiras sentimentais, não. Pretender reanimar um espírito mais vivido e amargado e experiente que o nosso é de uma importunidade impiedosa. Tantos gestos afetivos lesam mais que confortam, tantas solicitudes desastradas arranham feridas latentes. Nosso amor pela pessoa velha não deve ser uma opressão, uma tirania a inventar cuidados chocantes, temores que machucam. Façam o que bem entendam, cometam imprudências, desobedeçam a conselhos. Libertemos os velhos de nossa fatigante bondade. Que exagerem, se lhes der vontade, na comida e na bebida, esqueçam de tomar o remédio, fumem, apanhem sol, chuva, sereno. Não chatear demais os velhos. É nas imprudências que ainda encontram o gosto da vida. Não ter muito juízo é a sabedoria da velhice. Poupemos a eles nossa aflição. É por não desconhecerem as manhas da vida que tomam de vez em quando uma pitada de insensatez. E é por egoísmo que os moços, sobretudo os filhos, vigiam os velhos como se vingassem a infância.

Algumas frases devem ser banidas: "Está na hora de dormir"; "O senhor deve estar exausto"; "Amanhã eu levo a senhora ao médico à força"; "Fique sabendo que está proibida de ajudar a cozinheira"; "Onde já se viu um homem da sua idade deitar no ladrilho?"; "Olhe bem antes de atravessar a rua"; "Vá pela sombra!"; "Tome o remédio direitinho"; "Cuidado na escada!"; "Quantas vezes já lhe disse para não sair sem agasalho"; "A senhora não precisa fazer nada, que eu sei fazer tudo sozinha...".

Esse tatibitate sentimental fere os velhos mais que a velhice. Palavras más, nascidas de um sentimento de amor mal administrado. Mostram que não basta ser bom, é preciso distinguir as bondades que não doam. Não basta gostar para impor-se como senhor. A alma do homem não é tão simples que só o exercício do afeto seja suficiente para satisfazê-la. Respeitemos os velhos sem antipatia, sem o sadismo de certos tipos de ternura.

Mas a verdade é que o mundo está cheio desses sentimenta-lões estabanados, que entram nas intimidades dos outros derrubando e quebrando tudo.

MATURIDADE

Não me lembro de ter entrevisto qualquer definição de maturidade nos desenfadados piqueniques meus pelos bosques da psicologia. Erich Fromm, invertendo os termos da equação, diz que a saúde mental é atingida quando o homem se desenvolve até a plena maturidade segundo as características e leis da natureza humana.

Equivale dizer que maturidade é pleno desenvolvimento. Certo. Mas quais as características e leis da natureza humana? Sendo a nossa natureza o resultado de leis instintivas e faculdades adquiridas pela razão, temos de concluir que o homem, contrariando a evidência aritmética, é a soma de duas parcelas heterogêneas: instinto e razão, *simius* mais *Homo sapiens*.

Um matemático bem-humorado diria que a falência individual e coletiva do homem advém dessa adição absurda: o sublime mais o grotesco, o angélico mais o repelente, o herói mais o pusilânime... Não chegaremos nunca ao conhecimento de nós mesmos, e muito menos à conjuração de nossas forças contrariadas. Nenhum indivíduo — prosseguiria o matemático — chegará ao paraíso da saúde mental; nenhuma sociedade construirá a civilização limpa; somos e seremos contrafeitos frutos de uma aberração aritmética; a confusão psíquica prevalecerá; a capacidade de criar o tumulto, que sempre interrompe as tentativas de estabelecer a ordem, é um desígnio humano; banidos de um jardim animal, nossa condição cósmica e subjetiva é a terra de ninguém; em suma, nossa própria razão demonstra que somos um erro.

Deixemos a desapontada certeza do matemático e continuemos a somar as bananas e maçãs da natureza humana.

Minha dificuldade em saber o que é maturidade, dada a premissa de Erich Fromm, consiste no fato de me ser impossível determinar em cada criatura o quanto entra de maçã e quanto entra de banana, o quanto entra de razão e quanto entra de instinto.

Ignoro também até que ponto a razão se exaltou à custa de uma minimização do instinto e até que ponto, e dentro de que circunstâncias, esse instinto é componente indispensável de uma boa saúde mental. Ou de uma plena maturidade.

Desconheço ainda, por mim e pelos sábios que me ensinam, até que ponto, a fim de manter a saúde mental, devo submeter minhas forças instintivas ao interesse social das convenções e às minhas conveniências pessoais. Nenhum especialista poderá me assegurar quais são as proporções e os limites ideais de tudo isso. Na verdade, a terra de ninguém é alarmantemente movediça.

Não, não sei, jamais saberei o que é a maturidade. Mas sei perfeitamente reconhecer a imaturidade, quando a mesma se manifesta.

Reconheço-a antes de tudo em mim, que cheguei esperançoso à idade de não mais merecê-la. Mas o milagre não se deu.

Por vezes tive a boba e boa ilusão de estar chegando lá, à maturidade. Controlei alguns demônios menores; outros de moto próprio me deixaram; senti valorizar-se em mim o sentido da justiça e a tentação da fraternidade; meu egoísmo se reduziu, dando mais espaço à compreensão do outro, abri os olhos às minhas complacências indevidas e os fechei o mais que pude aos rigores de juízo enraizados no ressentimento. Demissões, mutações e aquisições se operavam em mim, que esperava, deliciado, a maturidade. Mas a maturidade não veio. Esvaziei-me no desengano. A princípio com uma tristeza, depois com uma espécie de contentamento venal, chegando quase à indiferença insípida, vi que a maturidade não veio.

Há em mim grandes partes deterioradas; umas poucas fibras já umedecidas na doçura do outono; e há em mim — o que é irreparável — grandes estrias verdes que me fatigam e desvariam.

JUVENTUDE DE HOJE, ONTEM E AMANHÃ

A juventude é estranha porque é a velhice do mundo passada indefinidamente a limpo. Uma geração lega à outra um magma de erros e sabedoria, de vícios e virtudes, de esperanças e desilusões. O jovem é o mais velho exemplar da humanidade. Pesa-lhe a herança dos conhecimentos acumulados; pesa-lhe o desafio do que não foi conquistado; a inadequação entre o idealismo e o egoísmo prático; pesa-lhe o inconsciente da raça, esta sessão espírita permanente, através da qual cada homem se comunica com os mortos.

No encontro de duas gerações, a que murcha e a que floresce, há uma irrisão dramática, um momento de culpas, apreensões, incertezas. As duas figuras se contemplam. O jovem é o velho; o velho é o jovem; o jovem é o passado do velho, e este é o futuro que o jovem contempla com horror, o futuro que terá de evitar, pior que a morte. Assim, o momento desse encontro é um espelho cujas imagens o tempo deforma, sem que se desfaça, para o moço e para o velho, a sinistra impressão de que as duas figuras são uma coisa só, um homem só, uma tragédia só, significando instinto de prazer, humilhação da inteligência, entorpecimento da ação, decomposição e morte.

O poeta Percy Bysshe Shelley poderia ser o padrão do adolescente de todas as épocas, do adolescente que os outros comentam. Nasceu de família respeitável e rica, foi bonito, sincero, revoltado, idealista, violento, amoroso, amigo, apaixonado pela vida e pela morte, inteligente, confuso, e, sobretudo, de uma sensibilidade crispada. A vida do poeta estava balizada desde o nascimento; mas, intransigente com uma sociedade que lhe prometia o conforto e a glória, Shelley inverte todas as etapas do itinerário. Em Eton, mais interessado pela química e pela eletricidade do que pelo esporte, é chamado de doido. Em Oxford, insiste em não aceitar a opinião de ninguém, redige uma necessidade do ateísmo e é expulso da universidade. Casa-se aos dezenove anos com Harriet, uma jovem de dezesseis, e começa uma vida errante, atormentada pelos ressentimentos familiares e sociais. Enquanto a mulher espera o segundo filho, foge com outra moça. Convida a primeira mulher a viver com ele e a outra, mas Harriet se mata.

Shelley não é um monstro: seus atos são a consequência lógica de suas ideias, da lealdade às suas crenças; sentimentalmente, é de uma delicadeza fora de série. E enquanto escreve versos musicais, fecundados de amor cósmico, esperança e idealismo social, atira-se feroz contra o conformismo do clero, a monarquia, as leis vigentes, o farisaísmo universal.

Amava o mar, os barcos, o perigo, e morre em naufrágio aos trinta anos. Foi um gênio, mas o fogo adolescente que trazia era tão intenso que não conheceu a maturidade. E a frase de Mathew Arnold sobre Shelley pode servir de alegoria a qualquer adolescente:

Um anjo ineficaz a bater suas asas no vazio.

Quando acaba a adolescência e começa a juventude? Tecnicamente, a adolescência acaba quando se para de crescer. Psiquicamente, a juventude começa na fase mais alta da adolescência. Esses limites se tornam mais imprecisos em nosso tempo: jovem é aquele que, bem ou mal, pensa por si próprio. Um psicólogo americano escreve:

> O rapaz ou a moça dirige-se a um quarto da casa, tranca a porta e lá permanece durante quatro ou cinco anos. De detrás da porta chegam horríveis ruídos de choques, lamentos de desespero, uivos de desafio, gemidos abafados. Mas ninguém pode entrar. Um dia, a porta se abre e dela irrompe uma jovem mulher ou um homem. A adolescência acabou.

*

Imaginemos um ser humano monstruoso que tivesse a metade da cabeça tomada por um tumor, mas o cerebelo funcionando bem; um pulmão sadio, o outro comido pela tísica; um braço ressequido, o outro vigoroso; uma orelha lesada, a outra perfeita; o estômago em ótimas condições, o intestino carcomido de vermes...

Esse monstro é o Brasil: falta-lhe alarmantemente o mínimo de uniformidade social. Profissão entre nós mais incerta que a de sociólogo só a de estatístico: as generalizações no Brasil nada valem, as médias aritméticas são grotescas, a busca de um padrão social é uma vaidade que não podemos ostentar. Dizer, por exemplo, que a taxa da renda brasileira per capita é de tantos dólares anuais, ou que o índice de mortalidade é x, é o mesmo que calcular o peso médio de todas as espécies animais do país.

Assim, liminarmente, o termo juventude brasileira não existe. No máximo, já forçando a mão, podemos localizar aqui uma juventude burguesa. Assim mesmo, devemos lembrar a distinção que aparta os caminhos da burguesia jovem das duas maiores cidades: São Paulo e Rio. Que se dirá do resto!

O Rio, por si mesmo, é o confronto social de duas cidades: Zona Norte e Zona Sul. A primeira produz, a segunda consome; braço e cabeça; corpo e alma; infraestrutura e supraestrutura. O jovem ambicioso da ZN tem por meta mudar-se para Copacabana ou Ipanema; o moço da Zona Sul só conhece o Rio até o Maracanã.

A personalidade da juventude dos subúrbios é forte, mas impregna o Rio imperceptivelmente, sem publicidade; a Zona Sul arrecada as graças todas e se faz passar pela própria cidade.

O fator social decisivo da Zona Sul é a praia. Esta funciona como inelutável denominador comum. O jovem ou a jovem de Copacabana, qualquer que seja sua condição econômica, compra uma roupa de banho e "mora" na praia. Nesta arena resplendente e livre só conta ponto a favor o encanto pessoal: beleza do corpo, esportividade, simpatia, vivacidade de espírito, capacidade de improvisação, alegria de viver. O resto tem de ser disfarçado como se fosse defeito: riqueza, cultura, origem familiar, seriedade de propósito. Os reis e rainhas da praia são os/as grandes praças, cobras do surfe e da caça submarina, os doidões, os engraçadíssimos, os touros-de-forte e as lindas-de-morrer. Tanto faz que ele tenha ou não tenha um emprego, que esteja ou não seguindo um curso; tanto faz que ela seja filha de tradicional família ou de tradicional *entrepreneuse* de escravas brancas, morenas e mulatas.

Na terra de ninguém da praia há uma fascinante demissão de leis, classes e preconceitos: valem a aparência, a nudez da fantasia, a espuma da onda. Quem for admitido ao círculo dos bacanas (há uma turma no desembocar de cada rua), com dinheiro ou sem dinheiro, tem acesso a todos os programas. Os mais categorizados desses círculos básicos frequentam o círculo do Posto; este por sua vez fornece elementos ao círculo máximo, de todo o bairro. A hierarquia prevaleceu, mas sempre respeitando a falta de princípios precedente; não é preciso ser um rapaz direito para ser rei da Zona Sul; basta ser um rapaz bacana.

Essa anarquia original marca a sociedade do Rio desde que se vazou o Túnel Alaor Prata; por um lado, as convenções de classe são aqui menos consistentes do que em qualquer outro lugar: depois de adulto, o carioca continua se comunicando fácil com todo mundo; por outro lado, a liberdade que o jovem carioca pobre encontra na praia costuma constrangê-lo mais tarde. Há um momento em que toda uma geração se casa e desaparece: o rapaz que não se preparou para a vida e não teve pai rico se esforça por prolongar a juventude, a democracia da praia; seu plano é viver de expedientes rápidos, sem prejuízo do banho de mar, do bar, da pescaria, das festas; enquanto conserva um pouco da graça da juventude, ele se defende; depois entra no funil da decadência saudosista, tocada de uma simpatia melancólica, mas acabando com frequência na embriaguez diária ou no suicídio.

Sem o comunismo da praia, São Paulo é uma cidade de classes estanques. Os jovens se aproximam uns dos outros pela identidade do gosto, do estudo, da profissão, da conta bancária, do nível social. Os transviados lá existem, mas são transviados mesmo, de procedência e destino etiquetados como qualquer mercadoria.

A juventude burguesa também se diverte, mas o visgo da classe é forte. Apesar de Brasil, São Paulo é uma estrutura social. A juventude paulistana entra no status de vida adulta com naturalidade, esclarecida sobre aquilo que lhe reservou... o destino. Daí, dessa certeza, a frequência muito menor de desequilíbrios individuais; daí, principalmente, a natureza fechada da sociedade paulista, não só da alta sociedade, mas de todos os escalões. O paulistano desconhece a anárquica osmose da praia, esse tipo carioca de vida, no qual a juventude é uma vasta colônia animal, retirando do sol, da imprevidência, da confraternização epidérmica, o alimento vital de cada dia. Em São Paulo, constrói-se (ou se deixa construir) a vida; no Rio, consome-se a vida (ou se deixa consumir).

*

A supremacia da comunicação visual sobre as outras é um dado inevitável para o entendimento da psicologia coletiva de nosso tempo. Depois da fotografia, da revista de grande tiragem, do cinema, da televisão, acabamos todos condicionados pela imagem física do outro. As chamadas virtudes morais desceram ao porão. Inteligência, saber e personalidade só valem, um pouco, quando podem servir de título-legenda a uma figura atraente. O charme de um penteado pode abrir caminho a uma carreira política; o busto perfeito pode criar uma cantora; um par de pernas faz uma atriz dramática; dois olhos verdes podem favorecer uma reputação literária ou artística.

Vivemos o fastígio das cores e formas humanas. As gerações novas sofrem ostensivamente dessa conversão de valores.

Do ângulo eugênico foi ótimo: o culto do corpo queima as etapas duma longa seleção natural. Do ponto de vista psíquico, a primazia do corpo retarda e deforma a integração da personalidade. As consequências desse desvio me parecem profundas. O jovem de hoje é, em maior ou menor escala, um amputado. Não importa tanto que ele/ela subestime as qualidades morais ou intelectuais. O que o jovem perde de mais valioso nessa contemplação exclusiva (ou quase) da imagem física é a força de ser, a multiplicidade do ser, a plasticidade do ser, a sutileza do ser, a vitalidade do ser, a beleza do ser, a grandeza do ser, a dramaticidade do ser...

A juventude está fazendo tudo para desligar a tomada da alma. Em duas décadas se criou um abismo entre dois séculos.

Sobretudo através de seus fabulosos escritores — Balzac, Victor Hugo, Sainte Beuve, Baudelaire, Verlaine, Rimbaud, Dickens, Emily Brontë, Tolstói, Dostoiévski, Tchekhov, Eça de Queirós, Machado de Assis... —, de seus fabulosos artistas — Renoir, Cézanne, Van Gogh, Manet, Toulouse-Lautrec, Degas... —, o século XIX foi uma viagem ao céu e ao inferno do ser humano. O jovem moderno está a quilômetros dessas enrodilhadas análises que trouxeram das profundezas, no esplendor de vícios, sofrimentos e abnegações, a imagem visível do homem, a imagem mais vulnerável, mais viva e mais palpitante que o corpo.

O corpo ocupa hoje todo o trono: o interesse pela força vital não vai além das ramagens altas do charme pessoal. Mas não é apenas em relação ao outro que o jovem se desliga da verdade humana: ele acaba por se desligar de si mesmo, estancando a todo o custo suas mais profundas manifestações de humanidade. E quando, apesar de tudo, essas camadas remotas jorram na superfície, sem o hábito da terminologia adequada, o jovem simplifica a complexidade de seu estado espiritual em meia dúzia de expressões: "está mandando uma brasa...", "está gamado...", "está na fossa...". Marcel Proust não seria tolerado no Castelinho, mas é possível que Hemingway tenha sido lá um cara legal às pampas.

Outro resultado do culto corporal é agravar uma tendência natural do jovem eterno: o narcisismo. Essa juventude de Ipanema e do Guarujá é tão perfeita fisicamente que não pode querer amar: quer inspirar admiração, veneração, amor. Quando o amor, *malgré tout*, força passagem, é um tropeço na passarela.

*

Quando eu era o tema e não o observador, li febrilmente um livrinho de François Mauriac sobre *Le jeune homme*. Ao relê-lo agora, a febre é trocada pela admiração isenta.

A liberdade sexual que se vai hoje conquistando, a consciência social que se vai multiplicando, o número crescente de jovens que se vão marginalizando são as distinções que mais intensamente separam os moços de hoje e os de minha geração. Pois, ficando essa minha geração de entremeio, não vejo diferença essencial entre o jovem de Mauriac (o opúsculo é de 1926, creio) e a juventude carioca e paulista de hoje. Dá-se em geral ênfase demasiada às diferenças superficiais e aparentes: o biquíni, a minissaia, o jeito de dançar do momento, as manias delirantes por isso ou aquilo. O próprio Mauriac, apesar de mostrar compreensão para os vícios da juventude, revela-se um tanto escandalizado pelo novo hábito dos *twenties*: os coquetéis! É quase sempre assim: o que nos choca ou encanta é o pormenor.

Muito em breve, o mundo poderá conhecer (diz o sociólogo do futuro) uma liberdade de costumes inimaginável. Não importa. A liberdade política e econômica será limitada; o rapaz libertário de hoje será amanhã um pai quadrado; a juventude terá como sempre de empurrar os mais velhos para obter espaço.

Os principais aforismos do católico Mauriac continuarão valendo para muitas gerações. Resumo alguns: não foi dado a todo homem o dom de ser jovem; reconhecemos o jovem pela indeterminação; é o tempo da desordem e da santidade; tempo da tristeza e da alegria, do desrespeito e da admiração, da ambição e do sacrifício, da avidez e da renúncia; para o adolescente o pai é um déspota, a mãe, uma pobre mulher; só em si mesmo ele descobre o infinito; é a fase na qual se toma com facilidade o partido heroico; a juventude é um deus de milhões de faces: o realizador de pesquisas sempre achará as respostas que desejar; jovens, místicos sem Deus; o dinheirinho de bolso é necessário; o desespero também é uma carreira; esses artistas jovens que propõem à nossa admiração um nada (*néant*), querendo nos fazer acreditar que esse nada é o objeto que buscavam; ter vinte anos é tão importante que ter vinte e um não é a mesma coisa; dois instintos lutam dentro do jovem, o de viver em bando e o de ficar sozinho; as amizades instantâneas; é a juventude que cria essa confusão da voluptuosidade e da morte, como se a morte fosse para os jovens o fruto proibido, o mais longe das mãos e, portanto, o mais desejável; mesmo os jovens mais equilibrados adoram arriscar-se (o furor da velocidade em automóvel); os pais que dizem "meu filho é incapaz de uma baixeza"; pelo contrário, é preciso acreditar na possibilidade de tudo; o muro de timidez, de vergonha, de incompreensão, de ternura machucada, que se ergue entre pai e filho;

ensinemos aos jovens que somos todos nós monstros, à medida que recusamos a nos criar; ensinemos aos jovens que o homem nasce caos e que o jogo da vida consiste em nascer desse caos uma segunda vez.

*

O essencial é nascer desse caos uma segunda vez. Para preencher, por dentro e por fora, o espaço da liberdade.

O homem será jovem quando for livre.

SOBREVOANDO IPANEMA

ÚLTIMA FLOR DO LÁCIO

Na Zona Sul, o brasileiro faz roupas no Taylor Lopes da Silva; compra em Au Bon Marché; penteia os cabelos em Ma Griffe; compra calçados em Marylin; chapéus na Georgette; móveis em Décor; remédios e perfumarias na Parfum Menescal; faz ginástica em Your Physique; reza em The Union Church da rua Paula Freitas; frequenta Ana Beauty, Chez Moi, Reviens, Femme; compra comida em Mon Appetit; é freguês do Magazin Versailles ou do Long Beach; se está *pregnant* socorre-se da Future Maman; se come em pensão (até as pensões!) tem a Bells, a York e a Mamma Mia; almoça e janta no Fred's, Pigalle, Rose Garden, A la Cloche d'Or, Le Bec Fin, Smiling Buddha, El Bodegón, Sorriento.

Já é praticamente impossível encontrar, de Copacabana ao Leblon, um Hotel Nacional, uma Pensão Ideal, uma Padaria das Famílias, uma Farmácia Santa Teresinha, uma Alfaiataria Tesoura de Ouro, uma costureira chamada Mariquinhas; e já se tornam raros os garçons que atendem pelos nomes de Serafim ou Jesus. Engraçado é que a funerária da Zona Sul tem o nome de Carioca. Na morte não há... charme.

RIO DE FEVEREIRO

No Rio de Janeiro o calendário não pegou. O ano letivo carioca tem a duração de nove meses. É o máximo de tempo-responsável que a nossa tribo suporta. Depois de nove meses, as cucas dos nossos tamoios perdem a consistência e diluímos as cabeças no éter da gratuidade.

Ninguém segura o Rio quando acaba novembro. Dezembro é fogo e é nesse fogo que a gente da ex-Guanabara esquece a produtividade, a gravidade, o compromisso, dando férias à alma. É no fogo de dezembro que o nosso clã desamarra o burro aristotélico e vai brincar nas pastagens da fantasia. O carioca só é de fato carioca durante três meses; no resto do ano é um cidadão cônscio de seus deveres, quase um paulista.

Dezembro é o mais adolescente dos meses: sem juízo, turbulento, imortal. Gasta-se nele o dinheiro que não se tem, a saúde que se economizou. Assim sendo, quando janeiro já está engrenado, há uma espécie de remorso coletivo, há um desejo forte de se descansar das farras de fim de ano, uma necessidade de não se fazer nada. Sejamos sutis: em dezembro a alma carioca entra em férias, mas férias ativas, divertidas, agitadas; janeiro é o descanso do descanso. Nada acontece então na paisagem espiritual do carioca, nenhum desejo, nenhuma inclinação para o bem ou para o mal, para o trabalho ou para a dissipação; é o repouso contemplativo, a sensação biológica de que a vida flui e faz um calor danado. Quando janeiro já vai estrebuchando, o carioca sente um susto. O mesmo susto que me esfriava todo, quando mamãe, de repente, como se me detestasse, começava a dizer que já estava na época de providenciar os uniformes novos para o colégio. Quando vejo um jovem reclamar contra as asperezas e o tédio da vida de estudante, costumo dizer-lhe que há uma única vantagem em envelhecer: não ir ao colégio, não ter de fazer provas.

O carioca no finzinho de janeiro sente exatamente o repelão de que as férias vão terminar, é preciso arrumar uniforme novo, enfrentar os professores, os horários cruéis.

Aí, dá uma louca no Rio.

Fevereiro é um mês torto e adoidado. Não se encaixa de modo algum no compasso anual. Falo de experiência profunda, pois tive a predestinação de vir ao mundo no último dia de fevereiro, e sei à saciedade que isso implica desvarios, incongruências e instabilidade de emoções, ideias e comportamento. Há um certo encanto dionisíaco em ser de fevereiro, mas posso afiançar que não é fácil de se levar a marca desse mês truncado e destituído de bom senso. Fevereiro é a ovelha negra do zodíaco. Apesar disso, tenho a convicção de que no abismo pré-natal sentia eu o medo pânico de chegar atrasado, de não nascer em fevereiro. Tivesse nascido a primeiro de março, seria um outro homem, mais consequente, mas teria fugido ao meu destino indesculpavelmente.

Fevereiro é o sumo do Rio. O carioca funciona os nove meses

efetivos, joga tudo para o alto em dezembro, põe-se em sossego em janeiro, para reflorir e dar tudo de si em fevereiro. É como se a população tirasse a roupa e ficasse nua. O que também acontece — mas estou me referindo às roupagens convencionais que nos escondem e falsificam.

Quem mora no Rio, por ciência ou por instinto, sabe que no mês de fevereiro pode acontecer tudo: o calor de rachar passarinho e o aguaceiro desatado; as calmarias de um amor firme e divino e os emboléus de um amor caótico e infernal; quem pretende ir à cidade conversar com o gerente costuma acabar na Barra da Tijuca; quem pretende matar o trabalho e ir comer ostras na Barra da Tijuca costuma acabar comendo ostras em Pedra de Guaratiba — porque no mês de fevereiro as disposições honestas são contrariadas e as disposições vadias são sempre respeitadas.

E quem não mora no Rio?

Ora, quem não mora no Rio deve aprender o seguinte: o Rio é praticamente o mês de fevereiro; quem vive aqui os dias quentes de fevereiro viveu tudo (ou quase tudo) da graça, da euforia carioca. É desamarrar a gravata, meter o calção e sair por aí; tudo acontece. É embeber-se de fevereiro, pois o mês vai terminar de repente, como o chão que falta, e é preciso viver intensamente quando nos sentimos emaranhados na armadilha do efêmero. Fevereiro é um resumo da existência carioca: curto, agitado, sensual, encalorado, colorido, dourado, irreal, fevereiro tem todos os adjetivos da fantasia. Machado de Assis estranhava que, por obediência à tradição, se fizesse o Carnaval no verão abrasador. Ora, estou certo de que o Rio inventou um Carnaval próprio porque, por uma boa coincidência, a tradição mandava que se celebrasse o rito carnavalesco em fevereiro. O nosso Carnaval é que se modelou pelas condições especiais de fevereiro, tornando-se uma espécie de simbolização em carne viva duma cidade que se despede das férias. Tudo é carnaval em fevereiro, mesmo quando tamborins e pandeiros não desfilam. Para captar isso, apure as sutilezas do olhar, do tato, do ouvido, do paladar: nas praias, nos bares, nas ruas, nos homens, nas mulheres — é tudo carnaval.

Quando o Carnaval cai em março, o carioca perde muito de seu rebolado: é como festejar o aniversário duma criança dois dias depois, só por ser mais conveniente. Março, não! Em março todo mundo sabe que a vida civil, comprometida e chata, começou. Março é o fim.

O pintor Manet adivinhou o feitiço do fevereiro carioca. Ele era um garoto de dezessete anos quando o navio (do qual era grumete ou coisa parecida) entrou na Baía de Guanabara em 1849 — trinta anos depois de Debret ter sido apresentado ao Carnaval do Rio. Manet, que se sentia *quelque peu artiste* naquela época, não se entusiasmou muito com os homens portugueses e brasileiros (*des gens mous, lents, et je crois peu hospitaliers*), mas as cariocas já eram em geral muito belas (a travessia do Havre ao Rio durou dois meses). Quando chegou o Carnaval (que tinha um *cachet particulier*), o jovem aderiu à porfia dos limões de cera. Manet viveu assim a vida carioca em sua essência: o mês de fevereiro. E em março, levando café, o navio partiu naturalmente.

MÚSICA POPULAR

Gosto dos versos que convivem com a cidade: Noel. Gosto de Moreira da Silva: breque. Gosto da limpeza praiana de Caymmi, dos rouxinóis de Lamartine. E gostaria de ter escrito "Rosa", de Pixinguinha.

A discussão estava tumultuada. Todos falavam ao mesmo tempo e ninguém entendia coisa nenhuma. À moda brasileira. Além do mais, cantavam e batucavam, pois o assunto era este: as letras de fato boas em nossa música popular.

Tento explicar aqui o que não consegui naquele momento cordial, apesar do conteúdo explosivo do tema, em casa de amigos.

Em princípio gosto muito mais das letras (e também das músicas) de fato populares, das letras que os poetas e parapoetas não sabem fazer. Ou seja: gosto dos poetas populares quando se trata de música popular. As melhores letras do nosso cancioneiro surgiram no morro e nos subúrbios. Quando as composições populares começaram a ser feitas por grande número de pessoas mais escolarizadas, nos estúdios de rádio e em apartamentos com bibliotecas, as letras perderam muito da graça e da beleza.

Com a invasão do território popular pela gente cultivada, a espontaneidade ficaria restrita aos terreiros das escolas de samba; a comercialização competitiva desses terreiros, no entanto, abortou essa possibilidade. Desde o "Joaquim José da Silva Xavier" que as escolas de samba não acertam uma no meio do alvo. Aparecem fragmentos deliciosos nesse ou naquele enredo, mas não há peças inteiriças que marquem, que estourem a sensibilidade coletiva.

Os letristas de hoje dividiram-se em dois sentidos: os que estão procurando (como dizem por aí) melhorar a qualidade das nossas letras e os que procuram exprimir-se como se fossem de fato poetas do povo, poetas populares.

Os primeiros são chatíssimos, são tatibitates, confusos, papalvos, enrolados. Os outros, os que procuram vestir a pele do povo, acertam ou se esborracham de acordo com a maior ou menor intimidade que possam ter com os problemas, os sentimentos e a linguagem do povo. Já que os poetas populares praticamente sumiram, temos então o seguinte: aparece uma boa letra em nossa música popular quando alguém (com biblioteca no apartamento) consegue transmitir o que um verdadeiro poeta popular transmitiria. É sempre uma contrafação, mas válida, e muito melhor para os nossos ouvidos do que as babaquarices (às vezes pretensiosas, às vezes nem isso) dos que se encontram convencidos de que lhes coube na Terra a missão de melhorar o padrão dos nossos versos populares.

"De que gosto afinal?", perguntou Marilu com uma linda impaciência. Bem, Marilu, eu gostaria antes de tudo de ter escrito "Rosa", que se enrosca pela melodia genial de Pixinguinha como uma trepadeira doida de grandes cachos multicoloridos. Aliás, Vinicius de Moraes tem um belo poema inspirado nos rococós dessa torre barroca que é "Rosa".

Gosto em geral dos versos que convivem com a cidade. Nisso Noel foi o craque absoluto, e não apareceu no Brasil mais expressivo poeta popular do que ele. "O 'x' do problema", "Último desejo", "Três apitos", "Dama do cabaré", "Feitio de oração", "São coisas nossas", "Só pode ser você", incluem-se todas no gênero de poesia brasileira popular que me fala. Noel tinha vocação para a coisa, e ele próprio sabia que a "vocação é necessária até para dar-se laço na gravata". Há uma letra de Noel maravilhosa servindo a uma música também muito bonita, raramente tocada. Chama-se "Cor de cinza": "A poeira cinzenta/ da dúvida me atormenta [...]/ A luva é um documento/ de pelica e bem cinzento". A história narrada pelos versos não é nada clara, mesmo depois de termos lido a interpretação que o esclarecido Almirante faz para os mesmos. Mas não importa; trata-se do mais belo e mais hermético poema impressionista do nosso cancioneiro popular.

Gosto imensamente (e fico espantado quando os outros se espantam com isso) de quase todas as letras dos sambas de breque de Moreira da Silva. As de Miguel Gustavo são primorosas. Se tivesse de levar dez elepês da música popular para a ilha deserta, a Etelvina e o Morengueira iriam comigo.

Ari Barroso nem sempre era feliz em suas letras, mas é dono de algumas entre as melhores: "Vivia num subúrbio do Encantado"; "Encontrei o meu pedaço na avenida de camisa amarela". E outras.

Outro que tem vocação parecida com a de Noel é o gaúcho Lupicínio Rodrigues. O ambiente sambístico de Porto Alegre é que não ajudou muito.

Gosto dos biombos dourados e dos astros pisados de Orestes,

da linearidade de Ismael, da limpeza praiana dos refrãos de Caymmi, da bossa de Geraldo Pereira e Wilson Batista, dos rouxinóis de Lamartine, das construções de Chico Buarque, da mulata de Bororó... Gostamos das músicas que lembramos sem querer. E às vezes nem sabemos de quem são os versos que nos calaram. "Não tinha nada, levava a vida à toa, e sendo assim tão pobre eu fazia inveja a muita gente boa."

O CARIOCA E A ROUPA

Entre meus conterrâneos, os econômicos mineiros, é um motivo de orgulho, de ampla e sorridente satisfação, confessar que uma gravata custou muito mais barato do que parece. No Rio é exatamente o contrário, o sentimento de exaltação interior nasce quando se pode dar para a gravata um preço alto que surpreenda o interlocutor.

Não conheço outra cidade em que a roupa tenha tanta importância como aqui no Rio. O carioca é duma ironia corrosiva, terrivelmente desmoralizadora para homens, instituições e ideias graves, uma ironia também especialmente inimiga de qualquer pose ou afetação. Excetua-se a roupa; a roupa é sagrada. Um Charles Chaplin, uma Eleanor Roosevelt, um Mikoyan, um Oppenheimer, um Salk, um Alexander, um Schweitzer, um Picasso, um Casperson, um T.S. Eliot, um outro nome qualquer entre os expoentes contemporâneos em seus ramos de arte, ciência ou ofício, nenhum deles conseguiria manter por muito tempo aqui no Rio a aura de respeito que os cerca onde estejam. Sobretudo se cuidassem pouco de sua encadernação, de sua roupa. Muito possivelmente, ganhariam um apelido, veriam os seus cacoetes imitados nas ruas e nos palcos mambembes, e passariam a ser conhecidos do povo através de um defeito mesquinho, e não pela soma de suas qualidades. Qualquer estrangeiro famoso, caso venha morar nesta cidade, pode agradecer aos céus se não for rotulado de chato. O carioca decidiu-se por uma grande simplificação da natureza humana, classificando a humanidade em chatos e bons sujeitos; com a nuança única de admitir que certos tipos, embora chatos, são no fundo uns bons sujeitos.

Sob esse aspecto, São Paulo, com a sua compostura, com o seu culto a toda pessoa que emerge do anonimato, é o antídoto do Rio. Para o estrangeiro, a capital paulista é um respiradouro: depois da passagem pelo Rio, onde não o levaram muito a sério, o chamado ilustre visitante vai contemplar, refletida no olhar respeitoso do paulistano, a verdadeira dimensão de sua glória.

E assim sempre foi, assim continua sendo, assim vai ser: o carioca tem o gosto e o dom de igualar os homens, de refugar as sofisticações, de considerar apenas em cada pessoa, independente de qualquer outro valor, a sua capacidade de convívio. O resto o povo destrói facilmente com duas ou três maldades de espírito.

Menos a roupa. A roupa, o problema de vestir-se, o preço e a aparência das peças de seu vestuário transformam o sorriso zombeteiro do carioca numa expressão soturna e sofredora. É o seu ponto fraco, uma zona que resiste à sua ironia e pode torná-lo infeliz.

Diante dum carioca típico, alegre, divertido, com respostas humorísticas para tudo, experimentem, no momento exato de sua *rigolade*, colocar em dúvida a qualidade de sua roupa ou de sua elegância. Atingido por uma dolorosa pedrada, ele perderá instantaneamente o rebolado.

Sempre me chamou a atenção no Rio a simplicidade com que as pessoas falam de suas dificuldades financeiras, de seus sacrifícios de orçamento, de suas turras, por falta de pagamento, com os fornecedores. Essa admirável franqueza desaparece por completo quando se trata de roupa. Nesse capítulo, o carioca mente, exagera o preço de seus ternos e de suas camisas, mesmo porque as brigas com os fornecedores e os sacrifícios orçamentários são em grande parte devidos às verbas que se desviam para alfaiates e camisarias.

O proletário francês veste-se mal e come bem; o proletário alemão prefere vestir-se burguesmente e comer mal. É com este que se parece o proletário carioca. E as outras classes o acolhem mais complacentemente se ele passa fome mas se apresenta bem vestido. A roupa vem assim compensar uma fome que não é de pão. Estamos diante de um preconceito complexo, inextirpável do meio social do Rio, terra que inventou e venera a lista dos dez mais, que realiza quase semanalmente um concurso de elegância, terra lucrativa para os comerciantes de tecidos e de roupa feita.

Deu-se comigo outro dia uma experiência engraçada: fui ao centro da cidade de blusa, coisa que me aconteceu várias vezes, mas só então acrescida de um pormenor que introduziu um caráter inédito à situação: levava debaixo do braço uma pasta de papéis, feita de nylon.

Sim, pela primeira vez fui à cidade de blusa e pasta. Qualquer um desses fatores quase nada significa isoladamente; reunidos, alteraram radicalmente o tratamento que me deram todas as pessoas desconhecidas.

Quando tomei um táxi, vi que o motorista torceu a cara, mas não percebi o que se passava, pois experimentei semelhante má vontade em outras circunstâncias. Reparei também certa estranheza do motorista quando lhe dei de gorjeta o troco, mas permaneci opaco ao fenômeno social que se realizava. Em um restaurante comum, sentei-me para almoçar. O garçom, que até então eu não vira mais gordo, tratou-me com uma intimidade surpreendente e, em vez de elogiar os pratos pelos quais eu indagava, entrou a diminuí-los: "aqui a gogoroba é uma coisa só; serve para encher o bandulho". Não sou de raciocínio rápido, mas, em súbita iluminação, percebi, com todo o prazer da novidade, que eu estava vestido de mensageiro: pasta e blusa. Ao longo da tarde, fui compreendendo que, até hoje, não tinha a menor ideia do que é ser um mensageiro. Pois eu lhes conto. Um mensageiro é, antes de tudo, um triste. Tratado com familiaridade agressiva pelos epítetos de amigo, chapa e garotão, o que há de afetivo nesses nomes é apenas um disfarce, pois atrás deles o tom de voz é de comando. "Quer deixar o papai trabalhar, garotão", disse-me o faxineiro de um banco, cutucando-me os pés com a ponta da vassoura.

Entendi muitas outras coisas humildes: o mensageiro não tem direito à réplica; é barrado em elevadores de lotação ainda não atingida; posto a esperar sem oferecimento de cadeira; atendido com um máximo de lentidão; olhado de cima para baixo; batem-lhe com vigor no ombro para pedir passagem; ninguém lhe diz "obrigado" ou "por favor"; prestam-lhe informações com relutância; as mulheres bonitas sentem-se ofendidas com o olhar de homenagem do mensageiro; os vendedores lhe dizem "não tem" com um deleite sádico.

Foi uma incursão involuntária à natureza de uma sociedade dividida em castas. "Preso à minha classe e a algumas roupas", dizia o poeta, "vou de branco pela rua cinzenta." No fim da tarde, eu já procedia como um mensageiro, só me aproximando dos outros com precaução e humildade, recolhendo de meu rosto qualquer veleidade de um sorriso inútil, jamais correspondido. Dentro de mim uma vontade de sofrer. Por todos os mensageiros do mundo, meus irmãos. Por todos os meus irmãos para os quais a humilhação de cada dia é certa como a própria morte. Porque o pior de tudo é que as pessoas não sorriam. O pior é que ninguém sorri para os mensageiros.

SOBREVOANDO IPANEMA

Era uma quinta-feira de maio e a gaivota vinha das Tijucas, em voo quase rasante sobre a falésia da avenida Niemeyer, longas asas armadas na corrente aérea que virava do Sul, lenta, levando o seu corpo leve e descarnado, seu esqueleto pontiagudo, geometricamente estruturado para reduzir ao mínimo a resistência do ar e da água. À esquerda, rochas morenas e suadas, um pouco mais acima os automóveis coloridos, mais alto as escarpas de pedras pardas, à direita o azul, embaixo as espumas leitosas. Para sobrepassar o morro que se alteava, ela pegou uma corrente que ascendia, seguiu estática em linha reta, transpôs uma piscina verde, entrou pelo Leblon em voo silencioso no exato momento em que um frade vermelho raspava a botina pelo chão para fazer uma curva na sua lambreta. Ela distendeu um pouco mais as asas, como se fosse um lenço de linho panejando no céu, naquele equilíbrio supremo que alvoroçou o espírito de Da Vinci. Sob um caramanchão do Jardim de Alá, um demente sentia-se perseguido, escondendo o rosto com as mãos. A gaivota, já almoçada, gratuita e vadia, fez uma parábola perfeita e foi olhar o garoto que pipilava euforicamente sobre a água turva do canal, ao lado de outro, que tinha um caniço e uma lata de azeitonas, onde se remexiam dois imponderáveis mamarreis. Um pé de vento deu um chute na árvore, atirando uma flor amarela sobre a cabeça de um escandinavo estendido em um banco de pedra, os braços abertos como um crucificado; o estrangeiro, que se extasiava de sol, sorriu comprometido com a delicadeza do momento e ajeitou a flor em sua lapela, para escândalo de duas babás pretas que iam passando com os seus uniformes brancos.

A gaivota adentrou-se um pouco mais para os lados do Bar Vinte, a tempo de surpreender um fiscal da Light, com uma cabeleira bíblica muito mais espaçosa que o seu quepe, a mastigar vagaroso uma sardinha engordurada. Infletindo outra vez para a direita, ziguezagueou por alguns segundos na turbulência de uma viração mais ativa, reequilibrou-se sobre a rua Prudente de Morais, reparou nos ciprestes erguidos como espinhelas gigantescas, no lustro verde das folhas das amendoeiras, nos coqueiros desgrenhados. Pela janela de um edifício, viu um piano com um veleiro e um homem rotundo a praticar uma sonatina de Schmoll. Voando e revoando, ora se inclinava para um lado, ora para outro, quando o retinir branco de uma ambulância estilhaçou o ar. Nesse mesmo instante, escanhoado e feliz, um marechal deixava a barbearia e cruzava, com pasmo e inelutável desgosto, por um moço de bengala branca, de andar extraordinariamente apressado, embora fosse cego e estivesse bastante bêbedo. Além do mais, o cego cantarolava um samba e mascava chicles. Mas a gaivota e o marechal, sabendo ambos à saciedade que o mundo inaugura a toda hora uma porção de segredos, e a vida é curta para decifrá--los, continuaram em suas rotas.

A gaivota deu bom-dia a um casal de pombos, perdeu um pouco de altura, e aí me viu à janela, a oferecer uma folha de couve ao meu canário; mas fingiu que não me viu. Foi é olhar os gansos frenéticos sob o abacateiro do quintal aqui próximo. Uma jovem se deslocava para a praia, tão esbelta, tão serena, tão irresistível, tão harmonizada aos acordes da paisagem, tão bem estruturada no espaço, tão matinal e marinha, tão suave, tão intangível e hierática, tão feérica na sua beleza castanha, que só não voou e virou gaivota porque não quis.

Adiante, homens de calças arregaçadas e bustos nus destruíam a golpes de marreta uma casa ainda nova, e onde um flamboyant aguardava paciente a eclosão das flores. A gaivota tomou a direção da praia, evitou em linha oblíqua um helicóptero que brincava de espantar os cardumes, e para refrescar o corpo entrou em voo vertical sobre a linha de espuma, aproveitando-se do mergulho para pregar também um susto em um filhote de papa-terra. Depois, foi roçando a cauda pelo mar, enquanto decolava, bateu as asas com energia, espacejou-se depressa, ganhou *momentum*, e se foi de novo plainando com orgulho de pássaro de rapina através da manhã azuladíssima. Ao lado de uma senhora de coxas opulentas, havia um senhor espapaçado, soltando fumaça pela boca e pelo nariz, com sobrancelhas espessas e arqueadas como um escuro cormorão que viesse voando à contraluz.

Um menino magro, que levantava barragens contra o mar, viu a gaivota e chamou: "Vem aqui, gaivota...". Ela, no entanto, descaiu para as bandas das ilhas, onde duas traineiras resfolgavam em busca de peixe. O mestre do barco consultou o seu relógio de pulso e era meio-dia. A minha doida gaivota retornou no sentido da terra, cruzou por cima da areia, retificou o voo na altura do asfalto, colocando-se paralela à crista dos primeiros edifícios. Os pequenos escolares saltavam dos ônibus com suas merendeiras, os operários em construção civil embrulhavam as latas de comida e voltavam ao trabalho, um rapaz de máscara submarina exibia no Arpoador um peixe de prata que gesticulava na claridade. Um automóvel quase atropelou um mendigo barbudo e sujo, mas de *blue jeans*.

A gaivota contornou as pedras, lançou um olhar a Copacabana e, navegando célere por cima dos edifícios, atingiu a Lagoa Rodrigo de Freitas, sobrevoou uma favela cheia de crioulinhos barrigudos, impulsionou-se com mais vigor, foi voando, voando, silhueta silenciosa no espaço, perdeu-se no mar alto.

Sem dúvida, o mundo é enigmático. Mas, em sua viagem, ela absorvera alguma coisa mais simples do que a água e mais pura do que o peixe de cada dia, alguma coisa que está na cor e não é a cor, está na forma dos objetos e não é a forma, está no oceano, na luz solar, no vento, nas árvores, no marechal, na sombra que se desloca, mas que não é a sombra, o marechal, o vento, a luz solar, o oceano. Alguma coisa infinitamente sensível e unânime, que se esvai ao ser tocada, alguma coisa indefinidamente acima da compreensão das gaivotas.

O CEGO DE IPANEMA

Há bastante tempo que não o vejo e me pergunto se terá morrido ou adoecido. É um homem moço e branco. Caminha depressa e ritmado, a cabeça balançando no alto, como um instrumento, a captar os ruídos, os perigos, as ameaças da terra. Os cegos, habitantes de um mundo esquemático, sabem aonde ir, desconhecendo as nossas incertezas e perplexidades. Sua bengala bate na calçada com um barulho seco e compassado, investigando o mundo geométrico. A cidade é um vasto diagrama, de que ele conhece as distâncias, as curvas, os ângulos. Sua vida é uma série de operações matemáticas, enquanto a nossa costuma ser uma improvisação constante, uma tonteira, um desvario. Sua sobrevivência é um cálculo.

Ele parava ali na esquina, inclinava a cabeça para o lado, de onde vêm ônibus monstruosos, automóveis traiçoeiros, animais violentos da selva de asfalto. Se da rua chegasse apenas o vago e inquieto ruído a que chamamos silêncio, ele a atravessava como um bicho assustado, sumia dentro da toca, que é um botequim sombrio. Às vezes, ao cruzar a rua, um automóvel encostado à calçada impedia-lhe a passagem. Ao chocar-se com o obstáculo, seu corpo estremecia; ele disfarçava, como se tivesse apenas tropeçado, e permanecia por alguns momentos em plena rua, como se a frustração o obrigasse a desafiar a morte.

Mora em uma garagem, deixou crescer uma barba espessa e preta, só anda de tamancos. De profissão, por estranho que seja, faz chaves e conserta fechaduras, chaves perfeitas, chaves que só os cegos podem fazer. Vive (ou vivia) da garagem para o botequim, onde bebe, conversa e escuta rádio. Os trabalhadores que almoçam lá o tratam afavelmente, os porteiros conversam longamente com ele. Amigos meus que o viram a caminhar com agilidade e segurança não quiseram acreditar que ele fosse completamente cego. Outra vez, quando ele passava, uma pessoa a meu lado fez um comentário que parecia esquisito e, entretanto, apenas nascia da simplicidade com que devemos reconhecer a evidência:

— Já reparou como ele é elegante?

Seu rosto alçado, seu passo firme a disfarçar um temor quase imperceptível, seus olhos vazios de qualquer expressão familiar, suas roupas rotas, compunham uma figura misteriosamente elegante, de uma elegância abstrata e hostil, uma elegância que as nossas limitações e hábitos mentais jamais conseguirão exprimir.

Às vezes, revolta-se perigosamente contra o seu fado. Há alguns anos, saíra do boteco e se postara em atitude estranha atrás de um carro encostado ao meio-fio. Esperei um pouco na esquina. Parecia estar à espreita de alguma coisa, uma espreita sem olhos, um pressentimento animal. A rua estava quieta, só um carro vinha descendo quase silenciosamente. O cego se contraía à medida que o automóvel se aproximava. Quando o carro chegou à altura do ponto em que se encontrava, ele saltou agilmente à sua frente. O motorista brecou a um palmo de seu corpo, enquanto o cego vibrava a bengala contra o motor, gritando: "Está pensando que você é o dono da rua?".

Outra vez, eu o vi em um momento particular de mansidão e ternura. Um rapaz que limpava um Cadillac sobre o passeio deixou que ele apalpasse todo o carro. Suas mãos percorreram os para-lamas, o painel, os faróis, os frisos. Seu rosto se iluminava, deslumbrado, como se seus olhos vissem pela primeira vez uma grande cachoeira, o mar de encontro aos rochedos, uma tempestade, uma bela mulher.

E não me esqueço também de um domingo, quando ele saía do boteco. Sol morno e pesado. Meu irmão cego estava completamente bêbado. Encostava-se à parede em um equilíbrio improvável. Ao contrário de outros homens que se embriagam aos domingos, e cujo rosto fica irônico ou feroz, ele mantinha uma expressão ostensiva de seriedade. A solidão de um cego rodeava a cena e a comentava. Era uma agonia magnífica. O cego de Ipanema representava naquele momento todas as alegorias da noite escura da alma, que é a nossa vida sobre a Terra. A poesia se servia dele para manifestar-se aos que passavam. Todos os cálculos do cego se desfaziam na turbulência do álcool. Com esforço, despregava-se da parede, mas então já não encontrava o mundo. Tornava-se um homem trêmulo e desamparado como qualquer um de nós. A agressividade que lhe empresta segurança desaparecera. A cegueira não mais o iluminava com o seu sol opaco e furioso. Naquele instante ele era só um pobre cego. Seu corpo gingava para um lado, para o outro, a bengala espetava o chão, evitando a queda. Voltava assustado à certeza da parede, para recomeçar momentos depois a tentativa desesperadora de desprender-se da embriaguez e da Terra, que é um globo cego girando no caos.

RECEITA DE DOMINGO

AS ETERNAS COINCIDÊNCIAS

Quando a gente vai botar um chiclete debaixo da cadeira, encontra outro.

Quando esperamos que uma pessoa acabe de usar o telefone do café, um terceiro entra na fila: o número que ligamos sempre está ocupado.

Quando a gente consegue a ligação de um telefone, ocupado antes durante muito tempo, a pessoa procurada saiu naquele instante.

Quando a gente hesita entre dois táxis, toma o que vai parar na bomba para botar gasolina.

Quando esperamos um sinal verde fresquinho, verificamos que daria tempo para atravessar quatro vezes; quando não esperamos, temos de cruzar a rua correndo.

Quando a gente, já de raiva da difícil caça, empurra um móvel para matar uma barata, cai e se estilhaça um objeto de louça.

Quando a gente vai ceder um lugar no divã para a moça mais bonita da festa, bate dura e grotescamente com a cabeça na bandeira da janela.

É sempre o casal mais antipático ou sem graça, durante a reunião, que simpatiza conosco.

Quando a gente se coça na rua, sempre nos cumprimenta a pessoa à qual gostaríamos de causar boa impressão.

Quando a gente discute muito com a mulher a respeito do filme a que se deve assistir, acaba sempre vendo mais um sobre a infindável e carniceira Guerra de Secessão.

Quando esperamos *o telefonema*, entre quatro e seis da tarde, verificamos às seis e meia que o nosso aparelho enguiçou.

BAILE DE MÁSCARAS

Não sei os motivos profundos do fenômeno, mas este existe e se faz cada vez mais forte e espalhado: hoje, no Brasil, é comum o profissional que desconhece da sua profissão as regrinhas mais banais, as habilidades mais elementares à prática desse ofício ou dessa arte. E não é só isso, não; já é bastante chique praticar uma profissão sem saber praticá-la. As qualidades negativas, por um imponderabilíssimo segredo, passaram a ser mais recomendáveis que as qualidades positivas.

Por que não dizer mais? Direi mais: houve em nossa terra nestes últimos anos uma sutil e vitoriosa conspiração em favor da burrice, da ignorância e da incompetência. E da desonestidade, poderia acrescentar, não fosse mudar de área. É o que sempre se chamou "inversão de valores"; isso antigamente não passava de figura de retórica; tornou-se realidade.

Imaginemos um santo sacerdote que não soubesse o catecismo, que ficasse embatucado se lhe perguntássemos de repente qual é o sinal do cristão ou que começasse a contar nos dedos as pessoas da Santíssima Trindade. Não, esse padre ainda não existe, mas a analogia nos serve: há muitos sujeitos por aí que, dentro das ciências que professam, ignoram qual o sinal do cristão ou que fazem demorado esforço de memória para dizer quais as pessoas da Trindade.

Estamos vivendo uma divertida comédia social, mas ainda não chegamos à apoteose, isto é, ao momento da guerra de pastelões. Por enquanto, o baile de máscaras continua muito a sério, fingindo todos que estão a acreditar nos personagens travestidos. Aqui do nosso canto, podemos apreciar a grande festa.

Olha ali um pintor, calça de veludo, blusa manchada de óleo, um copo de bebida forte na mão, a dar gargalhadas aprendidas em Paris, dizendo palavrões às damas e demonstrando através de todos os seus gestos que a vida fora da arte não tem o menor sentido. Evidentemente, trata-se dum artista genial. Por isso mesmo, não lhe peça nunca para pintar uma banana, que ele é capaz de fechar o baile. Quem sabe pintar banana (a expressão é dele) é uma besta quadrada. Para não ser besta quadrada, o nosso artista comprou um bonito compasso e pinta círculos pretos sobre fundo branco, semicírculos cinzentos, formas inatacáveis e eternas em sua pureza absoluta.

Perto do pintor há um belo rapaz, alto, robusto, corado, um poeta, naturalmente. Erramos. Pois a crítica mais avançada afirma que esse formidável miúra não é um poeta, mas *o* poeta, autor aliás dum arquipoema famoso, que só posso citar integralmente: "V". É isso mesmo, leitor distraído, o poema é "V". Os melhores espíritos do país sabem que, nessa consoante labiodental fricativa sonora, o poeta resumiu plasticamente todo o desenrolar da Segunda Guerra Mundial. É o máximo em poesia.

Mas passemos rapidamente a vista por mais alguns fantasiados. Nem todas as fantasias são igualmente sublimes. Vai ali, por exemplo, uma cozinheira que nunca fez um bife com sinceridade, mas todos reconhecem que seria capaz de fazer grandes papéis secundários no teatro.

Conversando com aquela bonita senhora fantasiada de elegante, vemos um colunista célebre, respeitado e bem pago. Descobriram a sua esmagadora vocação jornalística no dia em que escreveu "sociedade" com Ç. Riram-se dele os colegas. O moço corrigiu logo, trocando o Ç por um S cedilhado. Aí não se riram mais. Um homem capaz de inventar um S cedilhado tem garantido um feérico futuro no colunismo social. Coisa muito séria.

Máscara que dá muito em nosso baile é a de político. Debaixo dessas fisionomias cívicas de papelão pintado existem contrabandistas, cangaceiros, mascates, ex-vereadores etc. Mas não vamos estragar a festa; façamos de conta que eles estão mesmo a salvar o nosso Brasil.

Há mais. Naquele canto, um "médico" diz a uma jovem que o "complexo B" foi uma das grandes descobertas de Freud. O cômico a contar anedotas nunca fez rir a ninguém: bossa nova. Em matéria de ponte, aquele engenheiro só conhece a ponte aérea, mas de avião é que ele não viaja, pois, diz ele, o homem não foi feito para voar. O rapaz falando fino e fanhoso é cantor. O cara de boné de *coach* de *baseball* pensa que é técnico de futebol. O imponente cavalheiro a medir ângulos com as mãos já convenceu a todos de que é o maior cineasta do mês. No mês que vem, demitido pela opinião pública; outro tomará o seu lugar.

Sem falar, porque não há espaço, nos fabulosos técnicos eletrônicos, nos advogados, que Deus me perdoe, nas paralíticas vestidas de bailarina, nas respeitáveis vovozinhas brincando de vedetes, nos humanistas que de latim conhecem mal e mal as páginas cor-de-rosa do Larousse, nos sambistas duros de orelhas, nos milionários do papagaio, nos *public-relations* detestados pela cidade inteira etc. etc.

Atrás daquele jarrão, mascarado de cronista, está este seu criado, mas, por favor, não espalhe, não espalhe.

O RISADINHA

Seria melhor dizer que ele não teve infância. Mas não é verdade. Eu o conheci menino, trepando às árvores, armando alçapão para canários-da-terra, bodoqueando as rolinhas, rolando pneu velho pelas ruas, pegando traseira de bonde, chamando o Professor Asdrúbal de Jaburu. Foi este último um dos mais divertidos e perigosos brinquedos da nossa infância: o velho corria atrás da gente brandindo a bengala, seus bastos bigodes amarelos fremindo sob as ventas vulcânicas.

Nestor, em suma, teve a meninice normal de um filho de funcionário público em nosso tempo, tempo incerto, pois os recursos da Fazenda na província eram magros, e os pagamentos se atrasavam, enervando a população.

Seus companheiros talvez nem soubessem que se chamasse Nestor; era para todos o Risadinha. Falava pouco e ria muito, um riso de fato diminutivo, nascido de reservados solilóquios, quase sempre extemporâneo. Certa feita, na aula de francês, quando entoávamos em coro o presente do subjuntivo do verbo *s'en aller*, Risadinha pespegou uma bólide de papel bem na ponta do nariz do professor, que era muito branco, pedante a capricho e tinha o nome de Demóstenes. O rosto do mestre passou do pálido ao rubro das suas tremendas cóleras. Um dos seus prazeres, sendo-lhe vetado por lei castigar-nos com o bastão, era desfiar em cima do culpado uma série de insultos preciosos, que ele ia escandindo um por um, sem pressa e com ódio.

— Levante-se, seu Nestor! Sa-cri-pan-ta! Ne-gli-gen-te! Si-co-fan-ta! Tu-nan-te! Man-dri-ão! Ca-la-cei-ro! Pan-di-lha! Bil-tre! Tram-po-li-nei-ro! Bar-gan-te! Es-troi-na! Val-de-vi-nos! Va-ga-bun-do!...

Pegando a deixa da única palavra inteligível, Risadinha erguia o dedo no ar e protestava, com ar ofendido:

— Vagabundo, não, professor.

Era um artista do cinismo, e sua momice de inocência era de tal arte que até mesmo seu Demóstenes não conseguia conter o riso. Como também somente ele já arrancara uma gargalhada do padre-prefeito, um alemão da altura da catedral de Colônia, num dia em que vinha caminhando lento e distraído, fora da forma.

— Por que o *senhorr* não está na forma? — perguntou-lhe rosnando o padre, como se estivesse de promotor da Inquisição, diante de um herege horripilante.

— É porque estou com o meu pezinho machucado, respondeu com doçura o Risadinha.

— E por que o *senhorr* não está mancando?

Risadinha olhou com espanto para os seus próprios pés, começando a mancar vistosamente:

— Desculpe, seu padre, é porque eu tinha esquecido.

Foi um precursor de Cantinflas e, a despeito da opinião do leitor, nós lhe achávamos uma graça de doer a barriga.

*

Encontrei-o já homem-feito e de bigodinho muitos anos mais tarde, quando se mudara para o Rio, ganhando, como vago representante de uma pequena firma, o indispensável para subnutrir--se e suspirar pelas louras que fumavam de piteira nos bares de Copacabana. Morava na farmácia de um tio, dormindo na areia da praia nas noites de plantão. O mesmo Risadinha inconsequente e de sorte. Tão de sorte que, apesar de não fazer o menor esforço, em pouco tempo ficou rico. Uma risadinha aqui, outra risadinha ali, e ficou rico, logrando não sei que representações extremamente rendosas. E foi aí, com dinheiro no banco, que desabrochou seu mais íntimo segredo, o mistério que já estava seguramente insinuado naquele riso miúdo e secreto que lhe valera o apelido de infância.

Antes de tudo, comprou um apartamento no Flamengo, não luxuoso de acabamento, mas de tamanho incomum, com muitos quartos, salas e banheiros. Sua segunda providência foi casar-se e tornar-se pai, em tempo hábil, de cinco meninos, tudo homem. No decorrer desse prazo, foi comprando todos os brinquedos imagináveis, máquina de cinema, trem de ferro elétrico, aviões que voavam mesmo, futebol mecânico, uma admirável coleção de calidoscópios, tudo, exatamente tudo, inútil arrolar os fantásticos objetos que mandou vir dos Estados Unidos, da Alemanha, do Japão. Contratou também um pedreiro, derrubou paredes do apartamento e, antes que se inventasse o futebol de salão, fez um campo dentro de casa, áreas e linhas marcadas de tacos pretos. Com os meninos já crescidinhos, alguns garotos da vizinhança e mais os filhos das empregadas, Risadinha passava tardes inteiras a jogar bola. Digo os filhos das empregadas porque só admitia cozinheiras, copeiras e babás que se apresentassem com um, dois ou três bacorinhos pela mão. Outro de seus caprichos foi instalar na varanda uma luneta astronômica, onde também se esquecia a contemplar os astros; em dias de excepcional luminosidade, não era impossível surpreender uma estrela nuinha cruzando de lado a lado o campo óptico. Mandou ainda desmanchar um dos banheiros, construindo uma piscina de bolso, pista aquática das provas de lanchinhas a motor, e onde igualmente gostava de boiar depois das canseiras do futebol. No resto, Risadinha era cem por cento: ótimo pai de família, cordial com todo mundo, bom vizinho e bom sujeito. Soube agora, no entanto, que se encontra em uma casa de saúde. Se for preciso jurar, juro que o Risadinha não tem nada de louco. Loucos somos nós, os leitores e eu.

O HOMEM QUE ODIAVA ILHAS

— Não tem um escritor americano que só queria levar para uma ilha deserta *um manual do perfeito construtor de barcos*?
— Chesterton. Não é americano, é inglês.
— Pois é. Também eu tenho horror às ilhas.

Estávamos num barco de pesca em Cabo Frio. O senhor atlético, já meio grisalho, ao qual eu fora apresentado pouco antes, continuou a falar:

— Não dou para Robinson. Até sinto saudade do meu apartamentinho da rua 49, bem no meio da confusão, morei lá oito anos. Estava só há um mês em Nova York — trabalhando para uma firma, sou engenheiro — quando me chamaram para topar uma pescaria no Maine. Fomos de trem, num fim de semana, seis rapazes e seis moças. Convidei para ir comigo uma garota que trabalhava no escritório, um amor de alemãzinha, chamada Graziela. O nome é italiano, mas era filha de alemães. Fazia parte do grupo um rapaz, forte pra burro, que eu não conhecia antes, um tal Aiken, que resolveu dar em cima da minha pequena. Veja o meu azar. Não sei se por eu ser sul-americano, moreno assim, o sujeito de vez em quando empurrava uma piadinha para o meu lado, a turma se esbaldava; eu também ria, fazendo aquilo que eles chamam de *fair play*. No domingo, um dia maravilhoso, muito azul, estávamos pescando na praia, quando resolvemos tomar duas lanchas de aluguel para ir até umas ilhas que a gente avistava dali. Logo na primeira ilha, dei sorte e peguei três peixes; mas os outros resolveram tentar a outra, a um quilômetro, ficando de me apanhar depois. Graziela seguiu com a turma. Ali pelas quatro horas, comecei a achar que eles estavam demorando a voltar. Uma fome horrível. Mas você sabe como é esse negócio de pescaria; se o peixe está dando, ninguém se lembra do tempo. Não liguei muito. A ilha não tinha nada, era um pouco parecida com a das Palmas, aí nas Cagarras. Aquilo mesmo, umas árvores magras e pedra. O tempo foi passando, o sol esfriou, eu fui ficando desconfiado. Quando anoiteceu, confesso que não gostei. Uma ilhazinha de nada no mar, tudo escuro, num país estrangeiro; e umas aves desagradáveis guinchando em cima de minha cabeça. O frio era de rachar, e eu de calção e blusa. Ajuntei uns gravetos e acendi uma fogueira, a duras penas; para aquecer-me e com a esperança de que algum barco me visse. O fogo não durou nada, madeira úmida. Começou a bater um vento gelado, meu velho, de dar calafrio. Quando achei que eles não voltariam mesmo, me deu um ódio de morte. Precisei de berrar todos os palavrões que sabia para me acalmar um pouco. Sabe o que tinha acontecido? Quando as duas lanchas foram buscar o pessoal na outra ilha, Aiken disse para o motorista da segunda, e para Graziela, que dera ordem para o primeiro barco ir me buscar. Em terra, convenceu a turma de que eu, furioso por ter esperado tanto tempo, havia tomado o trem sozinho. Mas só soube disso depois. De qualquer forma, aquilo só podia ser coisa do tal Aiken. Já se imaginou na minha situação?! Ser passado assim pra trás! Me deu tanta raiva que chorei. Consegui arrancar uns galhos de uns arbustos e me cobri mais ou menos com eles, disposto a esperar a madrugada. Mas não aguentei. Ainda por cima, o cigarro acabou. E aqueles pássaros piando e esvoaçando na copa das árvores me punham nervoso. Sem que medisse bem as consequências do que ia fazendo, caminhei até uma rocha, resolvido a sair dali de qualquer jeito. Queria ajustar contas com Aiken o mais depressa possível. Calculei que da ilha à praia devia ser coisa de uns quatro quilômetros. Eu via lá na costa uma luzinha acesa, provavelmente do bar onde trocáramos de roupa. Larguei na ilha o caniço e o molinete — uma beleza de molinete —, caí n'água e fui nadando na direção da luz. Nado bem, mas o mar estava bastante grosso e, pior de tudo, frio feito gelo. Se me desse uma cãibra, adeus Brasilzinho. Fui nadando. A luz do bar me guiava. Às vezes, uma onda mal-intencionada me cobria; a luz sumia. Depois a luz acabou sumindo mesmo. Cúmulo do azar: tinham apagado a lâmpada. A cãibra queria chegar, eu boiava um pouco, não tinha estrelas quase, só a lua, lua nova. Mas, boiando, o meu sentido de direção piorava. Outras vezes, achava que nadava para dentro do mar, e não para a praia. Isso era pavoroso. Essa impressão acabou tão forte que decidi nadar na direção contrária. Uma felicidade louca: exatamente quando ia virar, vi a luz de um carro passando pela costa. Nadei como um cão. Não sei quanto tempo, umas quatro horas. A costa era quase toda de rochedos, só em um pequeno trecho era de seixos. Tive uma sorte tremenda, dei no lugar dos seixos. Cheguei morto, tremendo e batendo queixo como uma caveira. Bati no bar, não apareceu ninguém. Esmurrei a porta. Apareceu um rapazinho, o vigia, os proprietários já haviam ido embora, ele não tinha a chave; que eu viesse buscar as minhas roupas no dia seguinte. Tiritando de frio, andei até a estrada e comecei a pedir carona. Um caminhão parou. Quando o chofer me viu, de calção, todo molhado, perguntou: *"Where did you come from?"*, "De onde você veio?". "Dali", respondi, apontando para a ilha. Ah, o sujeito ficou besta, deu-me um aperto de mão. No caminho da cidadezinha, contei-lhe a história toda. O cara ficou no maior entusiasmo, e me levou a um boteco, onde chamou os amigos para dizer tudo que se passara comigo. Gente simples, da melhor qualidade. Me pagaram uísque, sanduíches, até roupa me arranjaram, e me emprestaram dinheiro para a passagem de volta. Mandei um cheque depois em nome do dono do bar.

— E o tal de Aiken?

— No dia seguinte, Graziela me deu o telefone dele. Marcamos um encontro num lugar ermo. O cabra era bom no boxe. Mas naquela época eu jogava capoeira e, modéstia à parte, era também uma parada amarga. Foi uma das melhores brigas da história dos Estados Unidos, isso eu posso lhe garantir que foi. Não sei quem venceu; de minha parte, fiquei satisfeito. Agora, se eu lhe disser uma coisa, você não vai acreditar. Dessas que só acontecem nos Estados Unidos. Aiken se tornou o meu melhor amigo. Ainda outro dia me escreveu participando o nascimento de seu terceiro filho. Sou até padrinho do primeiro, o Kenneth.

— E a alemãzinha?

— Graziela? É a mulher dele, mãe dos garotos.

RECEITA DE DOMINGO

Ter na véspera o cuidado de escancarar a janela. Despertar com a primeira luz cantando e ver dentro da moldura da janela a mocidade do universo, límpido incêndio a debruar de vermelho quase frio as nuvens espessas. A brisa alta, que se levanta, agitar docemente as grinaldas das janelas fronteiras. Uma gaivota madrugadora cruzar o retângulo. Um galo desenhar na hora a parábola de seu canto. Então, dormir de novo, devagar, como se dessa vez fosse para retornar à terra só ao som da trombeta do arcanjo.

Café e jornais devem estar à nossa espera no momento preciso no qual violentamos a ausência do sono e voltamos à tona. Esse milagre doméstico tem de ser. Da área subir uma dissonância festiva de instrumentos de percussão — caçarolas, panelas, frigideiras, cristais — anunciando que a química e a ternura do almoço mais farto e saboroso não foram esquecidas. Jorre a água do tanque e, perto deste, a galinha que vai entrar na faca saia de seu mutismo e cacareje como em domingos de antigamente. Também o canário-belga do vizinho descobrir deslumbrado que faz domingo.

Enquanto tomamos café, lembrar que é dia de um grande jogo

de futebol. Vestir um short, zanzar pela casa, lutar no chão com o caçula, receber dele um soco que nos deixe doloridos e orgulhosos. A mulher precisa dizer, fingindo-se muito zangada, que estamos a fazer uma bagunça terrível e somos mais crianças do que as crianças.

Só depois de chatear suficientemente a todos, sair em bando familiar em direção à praia, naturalmente com a barraca mais desbotada e desmilinguida de toda a redondeza.

Se a Aeronáutica não se dispuser esta manhã a divertir a infância com os seus mergulhos acrobáticos, torna-se indispensável a passagem de sócios da Hípica, em corcéis ainda mais kar* do que os próprios cavaleiros.

Comprar para a meninada tudo que o médico e o regime doméstico desaconselham: sorvetes mil, uvas cristalizadas, pirulitos, algodão-doce, refrigerantes, balões em forma de pinguim, macaquinhos de pano, papa-ventos. Fingir-se de distraído no momento em que o terrível caçula, armado, aproximar-se da barraca onde dorme o imenso alemão para desferir nas costas gordas do tedesco uma vigorosa paulada. A pedagogia recomenda não contrariar demais as crianças.

No instante em que a meninada já comece a "encher", a mulher deve resolver ir cuidar do almoço e deixar-nos sós. Notar, portanto, que as moças estão em flor, e o nosso envelhecimento não é uma regra geral. Depois, fechar os olhos, torrar no sol até que a pele adquira uma vida própria, esperar que os insetos da areia nos despertem do meio-sono.

A caminho de casa, é de bom alvitre encontrar, também de

---

* Gíria para "chique".

calção, um amigo motorizado, que a gente não via há muito tempo. Com ele ir às ostras na Barra da Tijuca, beber chope ou vinho branco. O banho, o espaçado almoço, o sol transpassando o dia. Desistir à última hora de ver o futebol, pois o nosso time não está em jogo. Ir à casa de um amigo, recusar o uísque que este nos oferece, dizer bobagens, brigar com os filhos dele em várias partidas de pingue-pongue.

Novamente em casa, conversar com a família. Contar uma história meio macabra aos meninos. Enquanto estes são postos em sossego, abrir um livro. Sentir que a noite desceu e as luzes distantes melancolizam. Se a solidão assaltar-nos, subjugá-la; se o sentimento de insegurança chegar, usar o telefone; se for a saudade, abrigá-la com reservas; se for a poesia, possuí-la; se for o corvo arranhando o caixilho da janela, gritar-lhe alto e bom som: *"never more"*.

Noite pesada. À luz da lâmpada, viajamos. O livro precisa dizer-nos que o mundo está errado, que o mundo devia, mas não é composto de domingos. Então, como uma espada, surgir da nossa felicidade burguesa e particular uma dor viril e irritada, de lado a lado. Para que os dias da semana entrante não nos repartam em uma existência de egoísmos.

MEDITAÇÕES IMAGINÁRIAS

PARA MARIA DA GRAÇA

Quando ela chegou à idade avançada de quinze anos eu lhe dei de presente o livro *Alice no país das maravilhas*.
Este livro é doido, Maria. Isto é: o sentido dele está em ti.
Escuta: se não descobrires um sentido na loucura acabarás louca. Aprende, pois, logo de saída para a grande vida, a ler este livro como um simples manual do sentido evidente de todas as coisas, inclusive as loucas. Aprende isso a teu modo, pois te dou apenas umas poucas chaves entre milhares que abrem as portas da realidade. A realidade, Maria, é louca.
Nem o papa, ninguém no mundo, pode responder sem pestanejar à pergunta que Alice faz à gatinha: "Fala a verdade, Dinah, já comeste um morcego?".
Não te espantes quando o mundo amanhecer irreconhecível. Para melhor ou pior, isso acontece muitas vezes por ano. "Quem sou eu no mundo?" Essa indagação perplexa é o lugar-comum de cada história de gente. Quantas vezes mais decifrares essa charada, tão entranhada em ti mesma como os teus ossos, mais forte ficarás. Não importa qual seja a resposta; o importante é dar ou inventar uma resposta. Ainda que seja mentira.

A sozinhez (esquece essa palavra que inventei agora sem querer) é inevitável. Foi o que Alice falou no fundo do poço: "Estou tão cansada de estar aqui sozinha!". O importante é que ela conseguiu sair de lá, abrindo a porta. A porta do poço! Só as criaturas humanas, nem mesmo os grandes macacos e os cães, amestrados, conseguem abrir uma porta bem fechada e vice-versa, isto é, fechar uma porta bem aberta.

Somos todos tão bobos, Maria. Praticamos uma ação trivial, e temos a presunção petulante de esperar dela grandes consequências. Quando Alice comeu o bolo, e não cresceu de tamanho, ficou no maior dos espantos. Apesar de ser isso o que acontece geralmente às pessoas que comem bolo.

Maria, há uma sabedoria social ou de bolso; nem toda sabedoria tem de ser séria ou profunda.

A gente vive errando em relação ao próximo e o jeito é pedir desculpas sete vezes por dia: "*Oh, I beg your pardon!*". Pois viver é falar de corda em casa de enforcado. Por isso te digo para a tua sabedoria de bolso: se gostas de gato, experimenta o ponto de vista do rato. Foi o que o rato perguntou à Alice: "Gostarias de gatos se fosses eu?".

Os homens vivem apostando corrida, Maria. Nos escritórios, nos negócios, na política, nacional e internacional, nos clubes, nos bares, nas artes, na literatura, até amigos, até irmãos, até marido e mulher, até namorados, todos vivem apostando corrida. São competições tão confusas, tão cheias de truques, tão desnecessárias, tão fingindo que não é, tão ridículas muitas vezes, por caminhos tão escondidos, que, quando os corredores chegam exaustos a um ponto, costumam perguntar: "A corrida terminou! Mas quem ganhou?". É bobice, Maria da Graça, disputar uma corrida se a gente não conseguirá saber quem venceu. Para o bolso: se tiveres de ir a algum lugar, não te preocupe a vaidade fatigante de ser a primeira a chegar. Se chegares sempre aonde quiseres, ganhaste.

Disse o ratinho: "Minha história é longa e triste!". Ouvirás isso milhares de vezes. Como ouvirás a terrível variante: "Minha vida daria um romance". Ora, como todas as vidas vividas até o fim são longas e tristes, e como todas as vidas dariam romances, pois um romance é só o jeito de contar uma vida, foge, polida, mas energicamente, dos homens e das mulheres que suspiram e dizem: "Minha vida daria um romance!". Sobretudo dos homens. Uns chatos irremediáveis, Maria.

Os milagres sempre acontecem na vida de cada um e na vida de todos. Mas, ao contrário do que se pensa, os melhores e mais fundos milagres não acontecem de repente, mas devagar, muito devagar. Quero dizer o seguinte: a palavra depressão cairá de moda mais cedo ou mais tarde. Como talvez seja mais tarde, prepara-te para a visita do monstro, e não te desesperes ao triste pensamento de Alice: "Devo estar diminuindo de novo". Em algum lugar há cogumelos que nos fazem crescer novamente.

E escuta esta parábola perfeita: Alice tinha diminuído tanto de tamanho que tomou um camundongo por um hipopótamo. Isso acontece muito, Mariazinha. Mas não sejamos ingênuos, pois o contrário também acontece. E é um outro escritor inglês que nos fala mais ou menos assim: o camundongo que expulsamos ontem passou a ser hoje um terrível rinoceronte. É isso mesmo. A alma da gente é uma máquina complicada que produz durante a vida toda uma quantidade imensa de camundongos que parecem hipopótamos e de rinocerontes que parecem camundongos. O jeito é rir no caso da primeira confusão e ficar bem-disposto para enfrentar o rinoceronte que entrou em nossos domínios disfarçado de camundongo. Mas como tomar o pequeno por grande e o grande por pequeno é sempre meio cômico, nunca devemos perder o bom humor. Toda pessoa deve ter três caixas para guardar humor: uma caixa grande para o humor mais ou menos barato que a gente gasta na rua com os outros; uma caixa média para o humor que a gente precisa ter quando está sozinho, para perdoares a ti mesma, para rires de ti mesma; por fim, uma caixinha preciosa, muito escondida, para as grandes ocasiões. Chamo de grandes ocasiões os momentos perigosos em que estamos cheios de sofrimento ou de vaidade, em que sofremos a tentação de achar que fracassamos ou triunfamos, em que nos sentimos umas drogas ou muito bacanas. Cuidado, Maria, com as grandes ocasiões.

Por fim, mais uma palavra de bolso: às vezes uma pessoa se abandona de tal forma ao sofrimento, com uma tal complacência, que tem medo de não poder sair de lá. A dor também tem o seu feitiço, e este se vira contra o enfeitiçado. Por isso, Alice, depois de ter chorado um lago, pensava: "Agora serei castigada, afogando-me em minhas próprias lágrimas".

Conclusão: a própria dor tem a sua medida. É feio, é imodesto, é vão, é perigoso ultrapassar a fronteira de nossa dor, Maria da Graça.

O AMOR ACABA

O amor acaba. Numa esquina, por exemplo, num domingo de lua nova, depois de teatro e silêncio; acaba em cafés engordurados, diferentes dos parques de ouro onde começou a pulsar; de repente, ao meio do cigarro que ele atira de raiva contra um automóvel ou que ela esmaga no cinzeiro repleto, polvilhando de cinza o escarlate das unhas; na acidez da aurora tropical, depois duma noite votada à alegria póstuma, que não veio; e acaba o amor no desenlace das mãos no cinema, como tentáculos saciados, e elas se movimentam no escuro como dois polvos de solidão; como se as mãos soubessem antes que o amor tinha acabado; na insônia dos braços luminosos do relógio; e acaba o amor nas sorveterias diante do colorido iceberg, entre frisos de alumínio e espelhos monótonos; e no olhar do cavaleiro errante que passou pela pensão; às vezes acaba o amor nos braços torturados de Jesus, filho crucificado de todas as mulheres; mecanicamente, no elevador, como se lhe faltasse energia; no andar diferente da irmã dentro de casa o amor pode acabar; na epifania da pretensão ridícula dos bigodes; nas ligas, nas cintas, nos brincos e nas silabadas femininas;

quando a alma se habitua às províncias empoeiradas da Ásia, onde o amor pode ser outra coisa, o amor pode acabar; na compulsão da simplicidade simplesmente; no sábado, depois de três goles mornos de gim à beira da piscina; no filho tantas vezes semeado, às vezes vingado por alguns dias, mas que não floresceu, abrindo parágrafos de ódio inexplicável entre o pólen e o gineceu de duas flores; em apartamentos refrigerados, atapetados, aturdidos de delicadezas, onde há mais encanto que desejo; e o amor acaba na poeira que vertem os crepúsculos, caindo imperceptível no beijo de ir e vir; em salas esmaltadas com sangue, suor e desespero; nos roteiros do tédio para o tédio, na barca, no trem, no ônibus, ida e volta de nada para nada; em cavernas de sala e quarto conjugados o amor se eriça e acaba; no inferno o amor não começa; na usura o amor se dissolve; em Brasília o amor pode virar pó; no Rio, frivolidade; em Belo Horizonte, remorso; em São Paulo, dinheiro; uma carta que chegou depois, o amor acaba; uma carta que chegou antes; na descontrolada fantasia da libido; às vezes acaba na mesma música que começou, com o mesmo drinque, diante dos mesmos cisnes; e muitas vezes acaba em ouro e diamante, dispersado entre astros; e acaba nas encruzilhadas de Paris, Londres, Nova York; no coração que se dilata e quebra, e o médico sentencia imprestável para o amor; e acaba no longo périplo, tocando em todos os portos, até se desfazer em mares gelados; e acaba depois que se viu a bruma que veste o mundo; na janela que se abre, na janela que se fecha; às vezes não acaba e é simplesmente esquecido como um espelho de bolsa, que continua reverberando sem razão até que alguém, humilde, o carregue consigo; às vezes o amor acaba como se fora melhor nunca ter existido; mas pode acabar com doçura e esperança; uma palavra, muda ou articulada, e acaba o amor; na vaidade; no álcool; de manhã, de tarde, de noite; na floração excessiva da primavera; no abuso do verão; na dissonância do outono; no conforto do inverno; em todos os lugares o amor acaba; a qualquer hora o amor acaba; por qualquer motivo o amor acaba; para recomeçar em todos os lugares e a qualquer minuto o amor acaba.

CARTA A UM AMIGO

Meu caro Otto: sei que você está de malas prontas, depois de dois anos e meio na Europa, para retornar ao Brasil, e assim eu não poderia deixar de adverti-lo nesta carta. As coisas aqui em nosso país mudaram muito e de repente; o fito desta é poupar-lhe um choque que até poderia desandar em uma espécie de neurose de situação.

Eu não sei bem o que houve, mas o fato é que deu um negócio coletivo que torna as pessoas sempre insatisfeitas com aquilo que faziam habitualmente. Deu uma louca impressionante. Antes de mais nada, nem lhe passe pela cabeça perguntar a um marido pela mulher ou a uma mulher pelo marido. Houve uma troca geral. Sobre isso ficamos conversados, mas se prepare também para outras diversas surpresas, de que lhe dou apenas alguns exemplos. Os velhos tomam novocaína furiosamente, enquanto os moços tomam Coca-Cola e cocaína. Velhotas irremissíveis trafegam de lambreta pelas avenidas da Zona Sul, enquanto os mais lindos brotinhos andam de óculos e estudam nas faculdades de filosofia. Ministros aprendem violão e escrevem em colunas sociais, diretores de graves órgãos da imprensa praticam ganzá ou reco-reco, ao passo que os colunistas sociais tratam dos problemas de saúde pública. Não há vedete do Teatro Recreio que não dê, pelo menos uma vez por mês, uma entrevista sobre música clássica e literatura inglesa. A música popular está a cargo dos melhores poetas do Brasil. Os milionários não soltam mais um vintém, mas em compensação os prontos fazem grandes farras. Investigadores de polícia, ganhando dez mil mensais, gastam cento e cinquenta mil, mas não há de ser nada, pois, por outro lado, sujeitos que estão se enchendo de dinheiro não pagam mais nem fogo na roupa. Grã-finos, que eram capazes até de andar malvestidos só para saírem nos jornais, hoje pedem pelo amor de Deus que os deixem em paz. Há muitos intelectuais que tocam bateria e há bateristas que não dormem sem ler um pouco de Heidegger ou Burckhardt. O Exército, de que tanto se falava mal, hoje guarda a dignidade brasileira, não deixando que os entreguistas metam a mão no petróleo. Os violinistas agora cantam, os cantores fazem corretagens, o Escurinho faz o gol, o Quarentinha está jogando o fino, o Botafogo contratou para armar o time um crioulo que tocava gongo muito bem. Em matéria de modas, não há nada mais impossível. Regra geral, as mulheres estão cada vez mais masculinizadas, enquanto as camisarias para homens exibem nas vitrinas aquelas roupas coloridíssimas que a Esther Williams usava nos filmes antigos da Metro. Deputados famosos por sua violência panfletária hoje escrevem sobre rosas. Os aviões nem sempre voam, os lotações voam sempre, outro dia apareceu uma vaca na minha rua.

Antônio Maria hoje é um magro e Vinicius de Moraes, o nosso bom Vinicius, um gordo. Esporte da moda é o boxe, apreciado sobretudo pelas damas. Os mais espalhafatosos doutrinadores das práticas democráticas são conhecidos nazistas do Estado Novo. Os humoristas ficaram sérios de súbito, enquanto homens probos dormiram gravemente e acordaram palhaços. Gente rica não tem mais filho, por causa da inflação, mas as favelas estão cheias de crianças. A polícia instalou por conta própria a pena de morte, fuzilando sem mais aquela ladrões e malandros.

Está mesmo tudo virado de perna pro ar e é de todo conveniente que você vá se acostumando. Os velhos acabaram com essa coisa de morrer, mas o enfarte come solto entre a gente moça. Há juízes que vivem no Jóquei e há cavalos que vivem no Palácio da Justiça. Quando alguém quer mostrar que uma coisa é boa ou bonita, diz que essa coisa é bárbara. Galanteio hoje se chama curra. O vinho nacional é bom, você poderia tomar algumas marcas sem perigo de dor de cabeça. Em matéria de televisão não lhe digo nada, você verá com os seus próprios olhos: piorou ainda mais. Há padres sem batina, mulas sem cabeça e generais de pijama. Há cães que têm medo de gato e gatos com medo de ratos e ratos (isso há demais e pertencem todos ao nosso set social) sem medo de ninguém.

O parto agora (dizem elas) é uma delícia. Macaco velho já mete a mão em cumbuca. Mania também nova é estudar dicção: há pessoas que dizem as maiores besteiras do mundo com uma dicção linda. Mulher matando marido diminuiu bastante, ainda bem. Candidatos à Presidência da República há dois: um de São Paulo, que nasceu em Mato Grosso, e um aqui do Rio, que nasceu em Minas Gerais. Outro dia, um médico, amigo meu, foi nomeado na prefeitura para uma vaga de "bailarino letra i". Em Niterói me disseram que há ópio. O cardeal não quer que o Brasil reate relações comerciais com os países socialistas. Vício novo é homem público aparecer na televisão para ser xingado de todas as maneiras. Gostam. Você conhece o pintor Raimundo Nogueira, não é? Pois outro dia ele foi visto recusando um bife com fritas, alegando que tinha acabado de almoçar; confesso que foi só um instantinho, imediatamente pensou melhor e comeu o bife.

Fico por aqui, de braços abertos, à sua espera. Agora, tem uma coisa: se você por acaso chegar num dia de sábado, vai me desculpar, meu velho, mas eu não posso ir ao cais, porque estarei jogando futebol. Ponta de lança.

OS BONS LADRÕES

Fazia frio, muito frio em Teresópolis, quando a família do Rio chegou à casa da serra para o fim de semana. Uma janela estava arrombada. Estupor e indignação. País de vagabundos, terra de ladrões! Aparentemente, entretanto, nada havia sido roubado, os móveis, a televisão, a geladeira, os tapetes, os cristais, tudo em ordem. Ah, um armário estava remexido. A dona da casa contou as peças, uma por uma, os lençóis de linho, os cobertores macios e espessos. O fato era duro e insofismável: faltava um cobertor.

*

Aqui foi um almirante que voltava ao lar, no Jardim Botânico, depois do cinema, notando que uma porta lateral estava aberta sem motivo. De revólver em punho, entrou em casa disposto a tudo. Ninguém nos aposentos sociais. Distinguindo luz no quarto da empregada, para lá se dirigiu, encontrando a pobre mulher trêmula, colada à parede, apontando com o dedo na direção de uma porta.
— Sai daí ou eu atiro, comandou o almirante.

Saiu o ladrão, um ladrão mirrado, de olhar tímido, escondendo qualquer coisa por dentro da camisa.

— Pensa que tenho medo de navalha — disse o almirante, acrescentando um nome feio. — Joga essa arma no chão, senão lhe meto um tiro na cara.

O moço retirou a mão. Nela, empalmado, encontrava-se o curió do almirante. Houve um momento indescritível, é claro. Depois, o almirante mandou o ladrão colocar de novo o passarinho dentro da gaiola e sumir para sempre, caso não quisesse levar um balaço. Mas no dia seguinte (o almirante era louco por cinema) cadê curió?

*

Morando sozinha e indo à cidade em um dia de festa, uma senhora de Ipanema teve a sua bolsa roubada, com todas as suas joias dentro. No dia seguinte, desesperada de qualquer eficiência policial, recebeu um telefonema:

— É a senhora de quem roubaram a bolsa ontem?
— Sim.
— Aqui é o ladrão, minha senhora.
— Mas como o... senhor descobriu o meu número?
— Pela carteira de identidade e pela lista.
— Ah, é verdade. E quanto quer para devolver meus objetos?
— Não quero nada, madame. O caso é que sou um homem casado.
— Pelo fato de ser casado, não precisa andar roubando. Onde estão as minhas joias, seu sujeito ordinário?
— Vamos com calma, madame. Quero dizer que só ontem,

por um descuido meu, minha mulher descobriu quem eu sou realmente. A senhora não imagina o meu drama.

— Escute uma coisa, eu não estou para ouvir graçolas de um ladrão muito descarado...

— Não é graçola, madame. O caso é que adoro minha mulher.

— E por que o senhor está me contando isso? O que me interessa são as joias e a carteira de identidade (dá um trabalho danado tirar outra), e não tenho nada com a sua vida particular. Quero o que é meu.

— Claro, madame, claro. Estou lhe telefonando por isso. Imagine a senhora que minha mulher falou que me deixa imediatamente se eu não regenerar...

— Coitada! Ir numa conversa dessas.

— Pois eu prometi nunca mais roubar em minha vida.

— E ela bancou a pateta de acreditar?

— Acho que não. Mas o que eu prometo cumpro; sou um homem de palavra.

— Um ladrão de palavra, essa é fina. As minhas joias naturalmente o senhor já vendeu.

— Absolutamente, estão em meu poder.

— E quanto quer por elas, diga logo?

— Não vendo, madame, quero devolvê-las. Infelizmente, minha mulher disse que só acreditaria em minha regeneração se eu lhe devolvesse as joias. Depois ela vai lhe telefonar para checar.

— Pois fique sabendo que estou gostando muito de sua senhora. Pena uma pessoa de tanto caráter casada com um... homem fora da lei.

— É também o que eu acho. Mas gosto tanto dela que estou disposto a qualquer sacrifício.

— Meus parabéns. O senhor vai trazer-me as joias aqui?
— Isso nunca. A senhora podia fazer uma suja.
— Uma o quê?
— A senhora, com o perdão da palavra, podia chamar a polícia.
— Prometo que não chamo, não por sua causa, por causa de sua senhora.
— Vai me desculpar, madame, mas nessa eu não vou.
— Também sou uma mulher de palavra.
— O caso, madame, é que nós, os desonestos, não acreditamos na palavra dos honestos.
— Tá. Mas como o senhor pretende fazer, então?
— Estou bolando um jeito de lhe mandar as joias sem perigo para mim e sem que outro ladrão possa roubá-las. A senhora não tem uma ideia?
— O senhor entende mais disso do que eu.
— É verdade. Tenho um plano: eu lhe mando umas flores com as joias dentro dum pequeno embrulho.
— Não seria melhor eu encontrá-lo numa esquina?
— Negativo! Tenho o meu pudor, madame.
— Mas não há perigo de mandar coisa de tanto valor por uma casa de flores?
— Não. Vou seguir o entregador a uma certa distância.
— Então, fico esperando. Não se esqueça da carteira.
— Dentro de vinte minutos está tudo aí.
— Sendo assim, muito agradecida e lembranças para a sua senhora.

Dentro do prazo marcado, um menino confirmava que, em certas ocasiões, até os ladrões mandam flores e joias.

*

Uma vez, o poeta Vinicius de Moraes marcou um encontro com um amigo às duas horas da tarde. Às três o amigo lhe telefonou:
— Mas, Vinicius, estou te esperando há uma hora!
— Ah, você vai me desculpar; não pude sair antes porque entrou um ladrãozinho aqui em casa...

MEDITAÇÕES IMAGINÁRIAS

A meu avô Cesário devo este horror pelos cães, o pescoço musculoso, a implicância com os países nublados, o riso acima de minhas posses, o pressentimento de uma velhice turbulenta.

A João Antônio, uma ironia tamisada de ternura, e a ideia cinematográfica de uma tarde em torno de um homem a cavalo por um caminho poeirento de outrora.

A meu avô português, os desregramentos da sensibilidade, lágrimas grotescas de homem, e a repentina desgraça que me visitou altas horas da madrugada em um aeroporto estrangeiro.

A dona Augusta, as primeiras letras sem dor.

A meu tio Ezequiel, ter demonstrado a possibilidade de um suicídio oportuno.

A minha mãe, o manejo do revólver, o gosto do claustro, o recolhimento na hora do crepúsculo, o entendimento da passarela entre o efêmero e o símbolo.

A Marcus Aurelius Antoninus devo a maneira e a figura destas meditações, e a ideia elementar de que os homens são feitos de cooperação como as arcadas dentárias.

A Herodes (WHA) devo a necessidade dramática de justificar-me e o desprezo pelas superstições.

A meu pai, os artelhos nodosos, os teoremas abstratos do espírito, timidez diante do dinheiro, hábito de verduras e leite, o sentimento (incomodamente impreciso) de uma flauta que se esvai nunca sei onde.

Ao professor Roberval, a paciência de ensinar-me frações, quando as matemáticas me pareciam intransponíveis.

Ao professor Amarante, desmoralização da oratória, cautela com os advérbios de modo, comedimento das virtudes, técnica de abrir garrafas de vinho.

A antepassados obscuros, devo a obscuridade, mensagem esvaída, mogno mudo, língua presa na boca.

A minha ama preta Hermengarda, devo a certeza (extraordinário alívio) de que somos todos iguais e a humanidade se modela.

A um escritor inglês de segunda ordem, a ideia de que a poesia é um problema de modulação.

A meu inimigo de Figueira do Rio Doce, a circunspecção diante da morte.

Devo aos poetas de todos os tempos a sobrevivência de minha alma: aos franceses, a ordenação das mais altas hierarquias semânticas; aos espanhóis, a guitarra tocando em duas cordas o diálogo entre o erudito e o popular, inextricáveis; a portugueses e brasileiros, o sabor; aos alemães, o ter me tornado quem sou; aos melhores britânicos, as muitas flores que desabrocham nas trevas, despercebidas.

A Baudelaire, em cujo túmulo depositei uma rosa, a fulgurância do raciocínio, a elegância corrosiva de seu sentimento trágico; a Shakespeare, a iniciação a todas as formas humanas; a Joyce, *integritas, consonantia, claritas*.

A minha tia-avó Gertrudes, um remédio infalível contra soluços.

A Mallarmé, o axioma cruel e radioso da frustração artística.

Ao doutor Relling, o entendimento precoce da mentira vital.

A Pablo Picasso, a reacomodação do nervo óptico.

A minha tia Virgínia, extinta por sua própria vontade, o interesse pelas formas dos seixos, galhos ressequidos, carapaças de crustáceos e outros objetos sólidos, sem contar a noção da unanimidade que a todos envolve, passageiros que somos.

A madame Sophroniska, meu interesse pelo câncer que devora a constelação das crianças.

A João Bicança, ter dito que o acrobata não cai jamais no picadeiro.

A Constanze, ela mesma, seus olhos, a alegria de ter investigado, através dessa criatura sem qualquer languidez, até que ponto o senso mais urbano da ordem pode coexistir com um espírito essencialmente demoníaco.

Aos mestres russos, tudo o que aprendi e vale a pena; a Stendhal, o sentimento de minhas carências; a André Gide, *un chemin bordé d'aristoloches*.

A minha avó Margarida, a maneira leve de pisar e fechar portas.

A Minas Gerais, a minha sede, o jeito oblíquo e contraditório, os movimentos de bondade (todos), o hábito de andanças pela noite escura (da alma, naturalmente), a procrastinação interminável, como um negócio de cavalos à porta de uma venda.

SOMBRA

"Sombra", explicava a Emília, não sei se para tranquilizar o Marquês ou o Visconde, "é ar preto."
Criança, não me tranquilizei: do escuro só podiam surgir fantasmas, apagar a lâmpada era dar uma oportunidade aos duendes e demônios do quarto. Só a luz possuía o dom confortante de tocar deste mundo os habitantes do outro.
No ginásio, estudante de física, não me tranquilizei. Sombra é o resultado da interposição de um corpo opaco entre o observador e o corpo luminoso?
Não nasce de definições a tranquilidade. A qualquer hora, há muita sombra em nós, sinal de que muitos corpos luminosos deixam de banhar-nos com a sua luz desejável, sinal de que nos faltam felicidades, de que muitos sóis necessários se interromperam em sua viagem até nossos olhos.
Não perguntar o que um homem possui, mas o que lhe falta. Isso é sombra. Não indagar de seus sentimentos, mas saber o que ele não teve a ocasião de sentir. Sombra. Não importar com o que ele viveu, mas prestar atenção à vida que não chegou até ele, que se in-

terrompeu de encontro a circunstâncias invisíveis, imprevisíveis. A vida é um ofício de luz e de trevas. Enquadrá-lo em sua constelação particular, saber se nasceu muito cedo para receber a luz da sua estrela ou se chegou ao mundo quando de há muito se extinguiu o astro que deveria iluminá-lo. "*No light, but rather darkness visible.*"
Chamamos de sombrias as criaturas que não recebem luz. Passam sob o sol, as estrelas, através das iluminações cambiantes da cidade, elevam-se aos monumentos da terra, contemplam as criações humanas, cruzam por almas que pegam fogo, e não recebem a luz. Entre tais criaturas e a luz, um corpo opaco de vários nomes, duros e prosaicos. "*Rage, rage against the dying of the light.*"
Sombra é ar preto. Ao meio-dia, e este é o meu tempo, a sombra se abraça a nós e se confunde conosco. A vida e a morte no mesmo corpo. O sol fulgura sobre a minha cabeça, o fim se aproxima de meus pés, ponto final de meu domínio, ponto de partida para a solidão. Continuamos a caminhar, e a sombra cresce de nossos pés à nossa frente, enquanto o sol, perdendo-se atrás, resplandece inútil em nossas costas opacas. "O homem", disse um que partiu há vinte e cinco séculos, "é o sonho de uma sombra."
Ontem vi uma menininha descobrindo a sua sombra. Ela parava de espanto, olhava com os olhos arregalados, tentava agarrar a sombra, andava mais um pouco, virava de repente para ver se o (seu) fantasma ainda a seguia. Era a representação dramática do próprio poema infantil de Robert Stevenson:

I have a little shadow that goes in and out with me,
And what can be the use of him is more than I can see.

Indo e vindo, seguindo, voltando, rodeando, saltando, gesticulando com os seus bracinhos ternos, tropeçando, caindo, levantando-se, murmurando sua surpresa, implorando por uma explicação impossível, a menina começou a dançar o balé que vai chamar-se a (sua) vida.

O CANARINHO

Atacado de senso de responsabilidade, num momento de descrença de si mesmo, Rubem Braga liquidou entre amigos, há um ano, a sua passarinhada. Às crianças aqui de casa tocaram um bicudo e um canário. O primeiro não aguentou a crise da puberdade, morrendo logo uns dias depois. O menino se consolou, forjando a teoria da imortalidade dos passarinhos: não morrera, afirmou-nos, com um fanatismo que impunha respeito ou piedade, apenas a sua alma voara para Pirapora, de onde viera. O garoto ficou firme, com a sua fé. A menina manteve a possessão do canário, desses comuns, chamados chapinha ou da terra, e que mais cantam por boa vontade que vocação. Não importa, conseguiu depressa um lugar em nossa afeição, que o tratávamos com alpiste, vitaminas e folhas de alface, procurando ainda arranjar-lhe um recanto mais cálido neste apartamento batido por umas raras réstias de sol, pois é quase de todo virado para o Sul.

Era um canário ordinário, nunca lera Bilac, e parecia feliz em sua gaiola. Nós o amávamos desse amor vagaroso e distraído com que enquadramos um bichinho em nossa órbita afetiva. Creio mesmo que se ama com mais força um animal sem raça, um pássaro comum, um cachorro vira-lata, o gato popular que anda pelos telhados. Com os animais de raça, há uma afetação que envenena um pouco o sentimento; com os bichos comuns, pelo contrário, o afeto é de uma gratuidade que nos faz bem.

Aos poucos surpreendi a mim, que nunca fui de bichos, e na infância não os tive, a programá-lo em minhas preocupações. Verificava o seu pequeno cocho de alpiste, renovava-lhe a água fresca, telefonava da rua quando chovia, meio encabulado perante mim mesmo com essa sentimentalidade serôdia, mas que havia de fazer!

Como nas fábulas infantis, um dia chegou o inverno, um inverno carioca, é verdade, perfeitamente suportável. Entretanto, como já disse, a posição do edifício não deixa o sol bater aqui, principalmente nesta época do ano. É a gente ficar algumas horas dentro de casa e sentir logo uma saudade física dos raios solares. Que seria então do canarinho, relegado agora à área, onde pelo menos ficava ao abrigo da viração marinha. Às vezes, quando sinto frio, vou à esquina, compro um jornal e o leio ali mesmo, ao sol, ao mesmo tempo que compreendo o mistério e a inquietação dos escandinavos, mergulhados em friagens e brumas durante uma boa temporada de suas vidas.

E o canarinho, pois? Levá-lo comigo dentro da gaiola, isso não, eu não tinha coragem. Não devo ter reputação de muito sensato, e lá se iria (como diz Mário Quintana) o resto do prestígio que no meu bairro eu inda possa ter. Assim, vendo o passarinho encorujado a um canto, decidimos doá-lo a um amigo comum, nosso e dos passarinhos, dono de um sítio. A comunicação foi feita às crianças depois do café. Pareciam estar de acordo, mas o menino, sem dar um pio, dirigiu-se até a área e soltou o canarinho. A empregada viu e veio contar-nos.

Mas, cadê o menino? Voado? Foi um susto que demorou alguns minutos, pois não o achávamos em seus esconderijos habituais, enrolado na cortina, debaixo da cama, atrás da porta. Restava um armário muito estreito a ser investigado, e lá estava ele, quieto e encolhido no escuro como no útero materno, com uma cara de expressão tão dividida, que o choro da menina se desfez em uma gargalhada cheia de lágrimas.

O canário também tinha sumido e, embora fosse quase certa a sua impossibilidade de ganhar a vida por conta própria, melhor assim, não voltasse nunca mais.

Mas voltou. Na hora do almoço, a empregada veio dizer-nos que ele estava na janela do edifício que se constrói ao lado, muito triste. É verdade. Lá está o canarinho, sem saber de onde veio, sem saber aonde ir, sem saber ao certo se gostamos dele, triste, arrepiado e com fome. Um ponto amarelo no paredão esbranquiçado, lá está o nosso canário-da-terra, a doer em nossos olhos.

Vai-te embora, canarinho, que não te quero mais. Mas ele fica, brincando de corvo, dizendo *"never more"*. Este refrão (*"never more"*) me deixa meio esquisito. Estou triste. Todo mundo aqui de casa está triste, ridiculamente triste, nesta manhã luminosa de junho.

SOBRE O AUTOR

PAULO MENDES CAMPOS nasceu em Belo Horizonte (MG), em 28 de fevereiro de 1922. Era membro de uma prole numerosa: seus pais tiveram nove filhos. Concluiu o ginásio em São João del Rei, e estudou — sem jamais se formar — odontologia, direito e veterinária. Mas eram as letras que o seduziam. A geração de escritores mineiros à qual pertencia marcaria a nossa vida cultural: Fernando Sabino, Otto Lara Resende e Hélio Pellegrino foram seus amigos de toda a vida.

Mudou-se para o Rio em 1945. Em 1951 publicou *A palavra escrita*, seu livro de estreia na poesia. Também traduzia e adaptava grandes clássicos universais de autores como William Shakespeare, Júlio Verne e Oscar Wilde. Mas foi a crônica, esse gênero tão brasileiro, que faria o seu nome junto a um grande público. Pode-se dizer que Paulo Mendes Campos foi um dos grandes numa era que transformou a crônica — esse texto mais leve, descendente do *essay* britânico e do folhetim — em um gênero clássico das nossas letras. Só para se ter uma ideia, na mesma época em que o nosso autor atraía milhares de leitores para os seus textos, outros maiorais, como Rubem Braga, Clarice Lispector, Fernando Sabino, Carlos Drummond de Andrade, ainda estavam em atividade, cativando igualmente uma plateia deliciada. E Paulo Mendes Campos era um desses grandes.

Escritas para veículos tão diferentes quanto a revista *Manchete*, o *Diário Carioca* e o *Jornal do Brasil*, e mais tarde reunidas pelo próprio autor em volumes como O *cego de Ipanema, Hora do recreio* e O *anjo bêbado*, entre outros, as crônicas de Paulo Mendes Campos continuam atuais em sua bem dosada mistura de humor, observação social e fabulação.

Paulo Mendes Campos faleceu em 1991, no Rio de Janeiro.

ESTA OBRA FOI COMPOSTA POR ACOMTE EM
BERLING E IMPRESSA PELA RR DONNELLEY EM OFSETE SOBRE
PAPEL PÓLEN SOFT DA SUZANO PAPEL E CELULOSE PARA A
EDITORA SCHWARCZ EM NOVEMBRO DE 2012

A marca FSC® é a garantia de que a madeira utilizada na fabricação do papel deste livro provém de florestas que foram gerenciadas de maneira ambientalmente correta, socialmente justa e economicamente viável, além de outras fontes de origem controlada.